Schnittmenge
Liebe

Unser aufrichtiger Dank gilt

Unseren Schreiberlingen,
ohne deren Beteiligung dieses Buch voller
Liebe nicht entstanden wäre.

Bianca Wienert
für die wundervollen Energiebilder,
die unser Buch mit Liebe füllen.
www.energie-bild.de

Anke Selent, Marina Selent & Alexander Dahms

Schnittmenge

Das Leben in all seinen Facetten

Texte – Gedichte - Erlebnisse

Bibliografische Information der Deutschen Nationalbibliothek
Die Deutsche Nationalbibliothek verzeichnet diese Publikation
in der Deutschen Nationalbibliografie; detaillierte bibliografische Daten sind ir..
im Internet über http://dnb.d-nb.de abrufbar.

© 2014 A. Selent, M. Selent & A. Dahms
www.aschenmoor-verlag.de
Herstellung & Verlag: BoD – Books on Demand, Norderstedt

ISBN: 978-3-73574-065-6

Inhaltsverzeichnis

Vorwort

Lieber Leser,

danke, dass Du Interesse am Thema Liebe zeigst und den Weg zu diesem Buch gefunden hast. So erhältst Du die Möglichkeit, Deinen Wissensschatz durch die Erlebnisse und Eindrücke anderer zu erweitern und neue Perspektiven zu entdecken. Liebe ist ein Thema, das viele Menschen bewegt. Aber meist wird es im Alltag nicht offen gehandhabt, häufig sogar verschämt und konsequent gemieden. Liebe Deinen Nächsten wie Dich selbst. Nimm nur diesen großartigen Glaubenssatz als Beispiel. Wir kennen ihn alle. Aber stellst Du Dich am Morgen vor den Spiegel und sagst Dir, wie liebenswert Du bist? Und wir zumindest haben unserem Nachbarn oder der Verkäuferin bei Aldi noch niemals gesagt, dass wir sie lieben. Viele Menschen haben Angst, falsch verstanden zu werden oder sich zu blamieren. Das Problem daran ist, dass keiner sich traut, weil keiner weiß, wie der andere zu dem Thema steht.

Dieses Dilemma hat uns bewegt und zum Nachdenken gebracht. Wie kannst Du mehr über den anderen erfahren, ohne dass er verlegen wird oder sich bedrängt fühlt? Wie unterschiedlich sind unsere Glaubenssätze und Erfahrungen? Und vor allem, wie viel haben wir gemeinsam? Gibt es eine Basis, um mehr Liebe zu leben? Wo kannst Du dem anderen begegnen? Auf der Suche nach Antworten entstand die Idee, einfach in die Welt hinaus zu gehen und nach Menschen zu suchen, die bereit sind, ihre persönlichen Erfahrungen mit uns zu teilen. Wir haben uns mehr und mehr für die Sache begeistert. Dann reifte der Beschluss, alle Beiträge in einem Buch zusammen zu fassen und auf diesem Weg viele ebenfalls interessierte Menschen teilhaben zu lassen. Und damit nicht genug. Wir nahmen uns vor, eine ganze Reihe von Schnittmenge-Büchern zu erstellen. Schließlich gibt es noch so viel über die Menschen und die Welt zu erfahren! Glaubst Du an Wunder? An Freundschaft? Das sind zwei weitere unserer Themen. Näheres erfährst Du auf unserer Homepage. Wie wäre es, wenn Du selbst einen Beitrag leistest?! Das wäre toll. Nur Mut!

Wir freuen uns sehr, dass über Nachfragen und einen Aufruf im Internet zahlreiche Menschen ihre persönlichen Erfahrungen, Eindrücke und Gedanken zur Verfügung gestellt haben und so dieses Buch entstehen konnte. Das ist großartig. Vielen, vielen Dank an Euch! Jede/r Schreiber/in hat zwei Texte zum Thema Liebe erstellt. Der erste beinhaltet die ganz persönliche Erfahrung eines Jeden, vorgegeben war lediglich das Thema „Liebe". Diese Berichte bilden Teil 1 des Buches. Beim zweiten Text haben wir darum gebeten, uns Gedanken und Ideen zu einem konkreten Sachverhalt mitzuteilen. Die Frage lautet: „Wie wäre die Welt, wenn sich die Menschen von Liebe leiten lassen würden?" Diese Szenarien bilden Teil 2 des Buches. Wir haben an den eingereichten Texten keinerlei inhaltliche Veränderungen vorgenommen und diese nach dem Zufallsprinzip neben einander gestellt. Hierbei haben wir Teil 1 und Teil 2 jeweils unabhängig bearbeitet. Um einen möglichst vielfältigen und umfangreichen Einblick zu erhalten, variiert das Alter der Schreiber/innen von 6 bis 65+ an Jahren.

Liebe spielt in unserem Leben eine wesentliche Rolle. Leider wird uns das oft erst schmerzlich bewusst, wenn wir ihren Verlust hinnehmen müssen. Oder wenn eine Liebe, die wir uns ersehnen, unerfüllt bleibt. Dann wünschen wir uns, wir hätten „im Namen der Liebe" so viel mehr sagen, zeigen oder tun können. Und es bleibt Traurigkeit zurück wie ein Stachel in unserem Fleisch. Wir sind der Überzeugung, es könnte aber auch ganz anders sein. Sicher, vor leidvollen Erfahrungen ist niemand von uns geschützt. Aber wenn wir uns entscheiden, dem in Liebe zu begegnen, können wir wachsen. Wir bilden Klarheit aus und holen mehr Sinn ins Leben.

10

Wir sind weniger verbittert und können leichter verzeihen. Natürlich haben wir viel mehr Freude und Spaß. Das bringt weitreichende Veränderungen mit sich.

Eröffne Dir eine große Chance und gib der Liebe in Deinem Alltag mehr Raum. Es lohnt sich und bereichert Dein Leben, daran glauben wir fest. Wir hoffen, Du gewinnst viele neue Eindrücke beim Lesen dieses Buches. Wir wünschen Dir viel Spaß und alles Gute!

Herzlichst,

Anke, Marina & Alexander

Die Herausgeber

„Kann man Liebe und Verständnis voneinander trennen? Nein, wenn man wirklich liebt, versteht man, wenn man wirklich versteht, liebt man. Wir haben große Ansprüche an Menschen, die wir lieben. Wir machen Vorwürfe, wenn Dinge nicht so geschehen, wie wir sie uns vorstellen. Vergleiche deine Liebe mit dem Wachstum einer Blume, dann siehst du, dass sie nicht nur jeden Tag Aufmerksamkeit in Form von Wasser, Licht und Dung braucht, sondern dass du der Blume gegenüber viel nachsichtiger bist, wenn sie einen Tages nicht weiter wächst. Machst du ihr Vorwürfe? Du prüfst, was ihr fehlt, änderst es und gibst ihr wieder Energie zu wachsen. Hab dieses Verständnis auch für den Menschen, den du liebst."

- Dalai Lama, tibetisches Oberhaupt -

Anke zum Thema Liebe

Was bleibt

Hast mich verraten und klein gemacht,
lügnerische Worte, zerstörerisches Handeln.
Verletzte Seele.
Ich habe gekämpft, getobt, geweint, geschrien.
Vergebens.
Was am Ende bleibt, ist – Liebe,
der letzte und einzige Weg zu vergeben.

Hast mich gebraucht und verstoßen,
sehnsüchtiges Sterben, unbedachtes Tun.
Verletzte Seele.
Ich habe angeklagt, gejammert, verdrängt, gefragt.
Vergebens.
Was am Ende bleibt, ist – Liebe,
der letzte und einzige Weg zu verstehen.

Hast mich geliebt und beschützt,
trennende Krankheit, wortloser Tod.
Verletzte Seele.
Ich habe gebetet, gefleht, gebangt, gehofft.
Vergebens.
Was am Ende bleibt, ist – Liebe,
der letzte und einzige Weg loszulassen.

Habe euch gehasst und verflucht,
unbeugsame Kränkung, glühende Wut.
Verletzte Seele.
Ich habe verleugnet, verlassen, gepeinigt, gequält.
Vergebens.
Was am Ende bleibt, ist – Liebe,
der letzte und einzige Weg zu bereuen.

Habe mich versteckt und gewunden,
unerträgliches Schicksal, verlorener Traum.
Verletzte Seele.
Ich habe geblendet, gelitten, geprahlt, geschwiegen.
Vergebens.
Was am Ende bleibt, ist – Liebe,
der letzte und einzige Weg zu erdulden.

Habe mich verloren und gefunden,
vorsichtige Existenz, erwachender Geist.
Heilende Seele.
Ich habe erzwungen, gezweifelt, gewagt, geglaubt.
Vergebens?
Was am Ende bleibt, ist – Liebe,
der letzte und einzige Weg zu leben.

Anke (49)

Marina zum Thema Liebe

Liebe ist so ein großes Wort. Vielleicht manchmal zu groß für uns? Auf der anderen Seite wird Liebe oft so klein gefasst. Wir lieben unseren Mann, unsere Kinder, unsere Familie, vielleicht noch unsere Tiere. Aber darüber hinaus? Leben wir Liebe jeden Tag? Jedem Menschen gegenüber? Wohl eher weniger.

Vor einigen Jahren habe ich eine Lektion in Sachen Liebe gelernt. Ich hatte die gleiche Einstellung wie so viele da draußen. Man findet einen Menschen, den man lieben kann. Und der einen zurück liebt. Und dann geht es glücklich in den Rest des Lebens... oder so ähnlich.

Aber so war es nicht. Bei wem ist das schon so?!

Doch dann durfte ich lernen. Ich durfte andere Sichtweisen auf die Liebe kennenlernen. Ich durfte lernen, dass ich immer lieben kann. Wen auch immer ich lieben möchte! Es kommt nicht darauf an, dass jemand mich zurück liebt. Liebe macht uns reich, wenn wir sie geben, sie verschenken.

Ich durfte aber auch lernen, dass wir andere erst dann wirklich lieben können, wenn wir uns selbst lieben. Wirklich lieben. Mit Stärken, Schwächen, Ecken und Kanten, liebenswerten und weniger liebenswerten „Macken".

Mit jedem Tag, den ich mehr lernte, mich selbst zu lieben, konnte ich auch andere mehr lieben. Konnte akzeptieren, wenn Liebe zurück kam und konnte akzeptieren, wenn keine Liebe zurück kam. Es hat nichts geändert. Ich konnte ich bleiben. Ich konnte weiter lieben (und manchmal auch nicht). Ich lerne immer noch, jeden Tag.

Jetzt habe ich ein Kind. Ich habe bemerkt, dass es Formen von Liebe gibt, die einem vorher verschlossen waren. Liebe, bei der einem einfach das Herz überfließt. Liebe, die so groß ist, dass wirklich alles eingeschlossen ist.

Mir ist erst nach und nach klar geworden, wie beschränkt meine Liebe vorher doch immer noch war. Ein Kind kitzelt eine ganz andere Art von Liebe hervor. Und es fördert die Liebe zum Leben im Allgemeinen ganz ungemein. Ich weiß heute, dass das Leben voller Wunder, voller Freude und voller Abenteuer steckt. Und ich liebe dieses Leben – mein Leben – mit all seinen Ecken, Kanten, Macken, vor allem aber mit all seinen Späßen, Liebenswürdigkeiten, freudigen Momenten. Ich genieße es heute so viel mehr als früher, mit all den Emotionen, negativ wie positiv.

Es war für mich ein Weg, von der eingeschränkten, „kleinen" Liebe hin zu einer einschließenden, „großen" Liebe. Ich bin immer noch auf dem Weg, wahrscheinlich kommt man erst dann am Ziel an, wenn man dieses Leben verlässt. Aber ich habe eines schon gelernt: Die Liebe sollte tatsächlich das Wichtigste im Leben sein. Doch zuallererst die Liebe zu uns selbst, denn das ist die Basis, auf der dann alles andere aufbaut. Wenn Liebe da ist, dann wird diese Reise, die unser Leben ist, einfach bunter, schöner, freundlicher und friedlicher. Kurzum: Mit Liebe macht einfach alles mehr Spaß!

Marina (31)

Alexander zum Thema Liebe

Ja, da sitze ich vor meinem Bildschirm und überlege, was Liebe eigentlich ist…Wie erstaunlich, dass etwas, das wir jeden Tag praktizieren, uns so schwer fällt in Worte zu fassen. Wir lieben täglich. Wir lieben unseren Partner, unsere Kinder, unsere Familie, unsere Tiere, ja vielleicht sogar unser Auto. Aber wieso können wir Menschen oftmals so schwerfällig über etwas reden oder schreiben, das uns das Gefühl von Leichtigkeit gibt?

Ich kann es mir nur so erklären, dass Liebe trotz ihrer Leichtigkeit und dem Fakt, dass sie eigentlich ein „Selbstläufer" ist, dennoch so schwerfällig ist. Schwerfällig? Ja, Liebe kann auch schwerfällig sein. Wer kennt es nicht, dass sich zwei Menschen jahrelang nahe sind und sich tief im Innersten lieben, aber irgendwie nicht den Schritt wagen, sich einzugestehen, was sie fühlen. Und obwohl alle im Umfeld schon lange erkennen, dass die beiden sich lieben, so wird die Liebe durch ihre Hemmungen gebremst. Kein schöner Gedanke, oder?

Ein eigenes Beispiel zum Thema Schwerfälligkeit in der Liebe. Ich traf vor einiger Zeit eine wundervolle Frau. Sie war genau die Partnerin, die ich mir immer gewünscht habe. Eine bildhübsche Frau mit einer unschlagbaren Persönlichkeit, viel Energie und den süßesten Grübchen, die mich verzauberten, wenn sie ihr strahlendes Lächeln hervorholte. Sie war einfach perfekt…Zumindestens erkenne ich das heute.

Damals ging ich jedoch allzu leichtfertig mit meinem Glück um. Mit meinem Verhalten habe ich ihr große Schmerzen und Trauer zugefügt. Eine Verletzung, die sie mir wahrscheinlich nie im Leben verzeihen wird. Und das in dem Moment, den wir hätten am meisten genießen sollen – unseren letzten gemeinsamen Abend. Und ich verletzte nicht nur sie, sondern auch mich selbst. Bisher verging kein

Tag, an dem ich nicht an sie denken musste und mir ausmale, welches Glück ich gewonnen hätte, wenn ich einfach Liebe zugelassen hätte. Ehrliche, bedingungslose Liebe.

Doch ich hatte Angst. Angst vor der Liebe. Angst vor der räumlichen Trennung für 1,5 Jahre. Angst vor dem Tag, an dem diese perfekte Frau jemanden „Unperfekten" wie mich nicht mehr lieben würde. Anstatt mich an der Liebe zu erfreuen, hatte ich nur Angst vor dem Verlust.

Und dann kommt der Tag, an dem Du nur eines willst – einen letzten Moment mit diesem Menschen. Du ahnst es wahrscheinlich, könnte ich die Zeit zurückdrehen, ich würde es tun. Ich würde den Augenblick und die Zeit mit ihr genießen, statt meinen Fokus auf den Verlust zu setzen. Doch es ist für immer zu spät für diesen einen ganz speziellen Moment. Den einen Moment voller Liebe.

Es mag kitschig klingen, doch für mich war sie die wahre Liebe! Doch warum diese Geschichte? Ich erzähle diese Geschichte, weil sie für mich einige grundlegende Aspekte der Liebe aufzeigt:

Liebe möchte gelebt werden. Und zwar genau in jedem Moment, in dem sie steckt. Denke nicht an die Zukunft und was passieren KÖNNTE. Denke nur daran, was in diesem Moment der Liebe passiert und genieße!

Liebe kennt weder Grenzen noch Schönheitsfehler. Wenn jemand Dich liebt, dann bist Du für ihn perfekt so wie Du bist, mit all Deinen Macken und Fehlern. Also mach Dir keine Sorgen!

Liebe kann man nicht aufbewahren. Du kannst nicht sagen: „So, ich packe mir ein bisschen Liebe ein, für den Zeitpunkt an dem mein Partner mich verlässt.". Das geht nicht. Liebe ist JETZT und Du solltest voll und ganz im JETZT aufgehen.

Liebe kennt keinen Besitz. Es wäre falsch zu sagen: „Du bist jetzt meins und darfst nur noch mich lieben". Liebe ist allumfassend und man kann und darf sie nicht nur für sich selbst beschlagnahmen. Was wäre das auch für eine schrecklich egoistische Welt.

Liebe kann man manchmal nicht zurückholen, aber man muss sie nicht aufgeben. Viele glauben, dass man nach einer Trennung die Liebe und die Gefühle aufgeben muss. Man redet schlecht über den Ex-Partner oder baut eine regelrechte Wut auf. Das muss aber nicht! Man muss die Liebe nicht aufgeben und die Gefühle verbannen. Es hatte doch schließlich einen Grund, warum man zusammen war. Und selbst wenn man seine große Liebe verloren hat und diese auch nicht wieder zurückkommen wird, so kann man weiterhin Liebe für diese Person empfinden und ihr wünschen, dass sie glücklich wird.

Ich sehe erneut auf meinen Bildschirm und stelle fest, dass es doch nicht so schwer ist etwas über Liebe zu schreiben. Und was empfinde ich nach diesem Text?! Natürlich Liebe.

Das zeigt doch wieder, dass Liebe eben doch ein Selbstläufer ist. Sie ist da, immer und überall. Wir müssen sie nur zulassen. Und genau dieses Zulassen sorgt dafür, dass wir uns gut fühlen - von Liebe durchströmt. Und das auch ohne Partner, der uns in diesem Moment Liebe gibt. Denn das Wichtigste im Leben ist die „Selbstliebe". Kein Egoismus, sondern die Annahme und die Anerkennung der eigenen Liebenswürdigkeit. Wenn wir uns selbst annehmen, können wir andere bedingungslos lieben ohne zu fordern.

Und ganz wichtig: Wir müssen lernen unserem Herzen mehr zu vertrauen als dem Verstand. Nur so wird unsere Welt eine wunderschöne, glückliche Welt voller Liebe.

Alexander (26)

Die "Schreiberlinge"

„Die Liebe ist langmütig und freundlich, die Liebe ist nicht eifersüchtig, die Liebe treibt nicht Mutwillen, sie bläht sich nicht auf, sie verletzt nicht den Anstand, sie sucht nicht das Ihre, sie läßt sich nicht erbittern, sie trägt das Böse nicht nach, sie freut sich nicht über das Unrecht, sie freut sich vielmehr an der Wahrheit; sie erträgt alles, sie glaubt alles, sie hofft alles, sie duldet alles."

- 1. Korinther 13, 4-8 -

Freundinnen

Unter den geschlossenen Augen bilden sich Tränen, nur mühsam zurückgehalten. Sie sehnt sich nach jemandem, der sie einfach nur festhält, an den sie sich anlehnen kann und nur sie selber sein kann. Jemanden, vor dem sie ihr Schauspiel wenigstens für den Moment nicht mehr braucht, die Maske absetzen und ihr wahres Gesicht zeigen kann. Natürlich gab es in ihrem Leben schon einige Personen, die sie Freunde nennen konnte, mit denen sie Zeit verbracht hat, aber nur wenige, denen sie wirklich ihr volles Vertrauen schenken konnte, vor denen sie nichts zu verbergen brauchte, bei denen Geheimnisse unnötig waren.

Sie lässt sich am Baum herabgleiten und sinkt ins weiche Moos. In tiefen Zügen atmet sie die Waldluft ein. Nirgendwo kann sie so zur Ruhe kommen und ihre Gedanken ordnen wie hier. Eine feuchte Nase stupst sie an, lächelnd streichelt das Mädchen das Fell des Hundes. „Ja, mit dir kann ich immer reden, Caruso. Du hörst mir zu, machst mir keine Vorwürfe und widersprichst mir nicht. Du machst dir auch keine Sorgen um mich. Aber du bist eben nur ein Hund. Du kannst mich nicht verstehen. In deinem Leben ist alles so klar und einfach. Du weißt nicht, wie es ist, Entscheidungen zu treffen..." Ihre Tränen beginnen zu fließen. Im Hundefell vergräbt sie ihr Gesicht. Viel zu lange hat sie alles in sich hineingefressen. Aber auch die Tränen bringen ihr keine wirkliche Erleichterung. Das flaue Gefühl im Magen bleibt, die Angst ist stetig da, verbirgt sich im Schatten und kommt heraus, wenn es am dunkelsten ist.

Warum hat sie sich denn nur so mit ihrer Freundin gestritten? Ist es überhaupt noch ihre Freundin? Nein, unmöglich. So etwas kann eine Freundschaft nicht überstehen, nicht solche Dinge, wie sie ihr an den Kopf geworfen hat. Dabei dachte sie, zum ersten Mal eine wahre Freundin gefunden zu haben und dann zerstörte sie alles! Sie ekelt sich vor sich selber, wie hatte sie nur so gemein und grausam sein können? Dabei hätte sie doch gerade in dem Moment für die andere die starke Schulter sein können, die sie selber jetzt doch so dringend benötigt. Alles macht sie kaputt...

In der letzten Zeit war alles zu viel gewesen, gerade wenn sie sich wieder aufgerichtet hatte, kam unvermittelt der nächste Schlag. Immer wenn sie gerade ein wenig Vertrauen gefasst hatte, wurde sie wieder betrogen, belogen, verletzt. Bis sie schließlich eine verwandte Seele gefunden hatte. Seit langer Zeit hatte sie sich wieder gut gefühlt, hatte begonnen, ihren Selbsthass zu überwinden. Endlich war sie wieder für Momente lang völlig sorglos und konnte ihre Probleme und ihren Schmerz überwinden. Und auch, wenn alles sie wieder einholte und niederschmetterte, war jemand für sie da, der sie wieder aufrichtete und ihr Halt gab.

Dann kam der Moment, in dem die andere einmal Hilfe brauchte. Ihre Eltern trennten sich, zu Hause gab es nur noch Streit und Lisa hielt das alles nicht mehr aus. Sie brach zusammen und suchte Beistand bei ihr. Doch was tat Maria, anstatt ihr zu helfen? Sie machte sich über sie lustig, verharmloste die ganze Situation.
Sie trommelte mit den Fäusten gegen die raue Baumrinde und raufte sich die Haare. Niemals hätte sie so gemein sein können. Lisa war doch immer für sie da gewesen, war verständnisvoll und hatte ihr zugehört. Warum konnte sie nicht genauso sein, warum nur hatte sie alles kaputt gemacht?

Doch jetzt war es zu spät, Maria konnte die Zeit nicht zurückdrehen. Was machte das alles jetzt noch für einen Sinn? Niemand konnte jemanden wie sie gebrauchen, instabil, bei der geringsten Belastung zusammenbrechend. Jemand, der die einzige Person, die mit ihr befreundet sein wollte, so tief verletzte?

Mutter, dachte sie. *Mutter, ich vermisse dich. Ich liebe dich noch immer so sehr. Nimmst du mich auf, wenn ich zu dir komme? Nimmst du mich wieder in deinen Arm und schenkst mir deine Liebe? Verstehst du mich noch immer, so wie damals, bevor du deiner Krankheit erlagst? Noch am Krankenbett warst du für mich da. Obwohl du Schmerzen hattest, warst du es, die mich stützte, ich hätte doch für dich da sein wollen.*

Wieder kam der Schmerz, als sie sich an all die unbeschwerten und schönen Momente mit ihrer Mutter erinnerte. Natürlich hatte es auch Streit gegeben, wie könnte das ausbleiben. Aber immer war es ihnen gelungen, ihn vor dem Zubettgehen beizulegen, immer hatte ihre Mutter ihr verziehen. Das Leben ist viel zu schön für Streit und Zwietracht. Wir müssen jede Sekunde genießen und das Beste aus dem machen, was wir sind und haben. So hatte sie immer gesprochen, immer die positive Seite vom Leben gesehen.
Deshalb war sie auch stets beliebt gewesen, jeder hatte sie gemocht und sich in ihrer Anwesenheit wohl gefühlt.

Nein, du würdest nicht wollen, dass ich jetzt aufgebe, dachte Maria, *du würdest wollen, dass ich kämpfe...* Marias Herz klopfte und ihre Hand zitterte, als sie sie nach der Türklingel ausstreckte. Wie würde sie empfangen werden?

Die Tür öffnete sich, Lisa stand da. „Ich wollte... Ich muss..." Lisa schüttelte den Kopf. „Sag nichts." „Aber..."
Dann fand Maria sich in den Armen ihrer Freundin wieder und hörte leise Worte an ihrem Ohr...

„Du bist hier, nur darauf kommt es an. Ich brauche dich so, wie du mich brauchst. Ich liebe dich, meine Freundin. Es war nicht in Ordnung, was du getan hast, aber das ist jetzt unwichtig. Können sich nicht auch Freundinnen lieben? Gibt es nicht auch freundschaftliche Liebe? Und bedeutet Liebe nicht, dass man sich verzeiht? Ich will immer für dich da sein und sei auch du für mich da, dann gibt es nichts, was wir nicht schaffen können..."

Dorothea (15)

Liebe....

Ist für mich eine Vielzahl von Möglichkeiten sie auszudrücken und zu erleben. Sie zu zeigen aber auch „Opfer" zu bringen.

In meinem Leben durfte ich so manche Situation und Begebenheit erleben und durchleben, die ich als „Liebe" bezeichne.

Mit Papa........ seit ich mich erinnern kann, hatte er gerne gekocht. Er war selbständiger Handwerker, kam um 12 Uhr nach Hause, dann wurde das Essen fertig gemacht, gegessen, Mittagsschläfchen gemacht und punkt 13 Uhr ging es wieder zur Arbeit.

Damit das zeitlich alles reibungslos von Statten ging, hatte er abends vorgekocht, Mutti >durfte< die Kartoffeln schälen, den Salat putzen und solch ähnliche Zuarbeiten erledigen....aber nicht mehr. Obwohl sie auch kochen konnte, durfte sie das nur in Ausnahmefällen auch tun. Außer....Kartoffelsalat, das war der fast einzige Part, den sie hatte. Für Mutti war es sicherlich auch eine Entlastung, da sie schon immer eine emanzipierte Frau war und berufstätig. Dazu kam in späteren Jahren die Buchhaltung und Schreibkram für das Geschäft, das mein Vater von seinem Vater übernommen hatte. Papa kochte sehr gut und seine Gerichte, wie auch Rezepte, wurden nicht nur im Bekanntenkreis gelobt.

Nach dem Tod von Mutti war es für mich eine große Hilfe und Erleichterung, dass er sich selbst sehr gut versorgen konnte, und auch Mutti konnte ihn mit ruhigem Gewissen hier zurück lassen. Zu diesem Zeitpunkt lebte ich auch schon alleine und so kam es, dass wir uns gegenseitig bekochten. Durch berufliche Veränderungen bei mir durfte ich immer öfter bei ihm essen und er wollte natürlich täglich sein Lob haben.

Mit zunehmendem Alter spürte ich, wie auch die von ihm so geliebte

Arbeit mit der Kocherei doch beschwerlicher wurde. Aber es hielt ihn am Leben. Er tischte mir immer gewagtere und abenteuerlicher aussehende und schmeckende Gerichte auf, von denen ich oft nicht wusste, ob es mich wirklich nährt, mir gut tut. Aus Liebe zu Papa habe ich da viele Gerichte gegessen.

Zum Ende seiner Lebenszeit, er wurde fast 91 Jahre alt, hatte er dann keine Lust mehr dazu, nur noch sehr selten. Nun begann für uns der Part ihn zu versorgen. Ich konnte es ihm selten recht machen. Es war eine schwere Zeit für mich und nur mit viel Geduld und Liebe zu ertragen. Sein Dankeschön kam zu spät, da ich emotional schon so am Ende war, dass ich ihm meine Freude darüber nicht mehr zeigen konnte.

Willi…war ein Schnauzer-Labrador-Mischling. Willi kam zu uns, als mein Sohn so ca. 12 Jahre alt war. Er ging mit ihm zum Hundeplatz und die beiden gewannen so manches Turnier. Ich war nur zuständig für das Wohnen und Futter. Als mein Sohn dann auszog, blieb Willi bei mir. Ich hatte nie einen tiefen inneren Bezug zu ihm, aber wir waren eine gute Wohngemeinschaft, respektierten uns.

Willi war ein guter Wachhund und nahm seine Aufgabe, für Sicherheit im und um das Haus herum zu sorgen, sehr ernst. In ganz hohem Hundealter konnte er „seinen" Aufgaben nicht mehr nachkommen. Er war so gut wie blind und hörte nur noch schwer. Seine Hinterbeine klappten auf die Seite, so dass er auch kaum noch laufen konnte. Ich nahm immer wieder mit seiner Seele Verbindung auf und bat ihn, doch selbst zu gehen.

Wenn ich nachhause kam, wurde ich nicht mehr wie gewohnt freudig begrüßt, sondern musste schauen, wo er sich hingelegt hatte und ob er noch lebt.

An einem Tag kam ich zurück und er lag in einer Ecke im eigenen

Urin und jammerte vor sich hin. Er konnte nicht von alleine aufstehen. Das fand ich so entwürdigend für ihn, dass mir die Tränen kamen. Ich trug ihn in die Badewanne, duschte ihn und trocknete ihn gut ab. Dann war er wieder ein gut riechender Hund (zumindest für Menschennasen), sein Fell glänzte und ich meine auch Dankbarkeit empfunden zu haben.

Dann traf ich eine der schwersten Entscheidungen überhaupt......... ich rief den Tierarzt an und bat um Sterbehilfe für Willi. Das konnte ich so organisieren, dass er in seinem Revier sterben durfte und dort auch von mir beerdigt wurde.

Auch wenn er nie so ganz „mein" Hund war, hatte ich oft ein schlechtes Gewissen ihn nicht genug zu lieben, und ihm diesen Liebesdienst mit der Sterbehilfe zu geben, war für mich eine sehr schwere Entscheidung. Noch Wochen nach seinem dann sehr sanften Tod kamen mir die Tränen, wenn ich nach ihm gefragt wurde. Ich hatte sogar ein Medium befragt, warum er es nicht fertig bringt von selbst zu sterben. Als Antwort kam, dass er so pflichtbewusst ist, dass er trotz der körperlichen Gebrechen meint sein Revier bewachen zu müssen. Das sehe ich auch als Liebesbeweis mir gegenüber, auch wenn mir jetzt schon wieder die Tränen kommen und Anflüge von einem schlechten Gewissen.

Liebe ist für mich auch......Grenzen zu setzen, Nein zu sagen. Gerade gegenüber den Kindern und Enkelkindern. Es hilft ihnen Halt zu finden, Struktur zu geben, Sicherheit. Diese Grenzen werden natürlich permanent neu ausgelotet und gesteckt. Das ist ein sehr kreativer Prozess für beide Seiten. Und eine große Herausforderung für Eltern und Großeltern.

Liebe ist aber auch so viel Selbstvertrauen und Selbstbewusstsein zu fördern wie das jeweilige Alter erlaubt. Selbst Getränke einschenken, selbst ein Brot schmieren, selbst essen und vieles mehr. Das gibt zwar Sauerei und Geschmiere und ist meist für die Eltern eine Geduldsprobe hoch drei, aber das Kind ist stolz, was es schon alles kann und vor allem schon darf. Zu diesem Zeitpunkt ist die Wohnung dann nicht so geschleckt sauber, für spätere Jahre lohnt es sich.

Dies sind einige Aspekte von Liebe aus meiner Sicht. Manchmal erkennt man dies erst im Rückblick auf Ereignisse und kann es dann unter dem Aspekt „Liebe" neu abspeichern.

Danke

Christa (65)
www.Heilpraktikerin-Leukhardt.de

Was es ist

Es ist Unsinn
sagt die Vernunft
Es ist was es ist
sagt die Liebe

Es ist Unglück
sagt die Berechnung
Es ist nichts als Schmerz
sagt die Angst
Es ist aussichtslos
sagt die Einsicht
Es ist was es ist
sagt die Liebe

Es ist lächerlich
sagt der Stolz
Es ist leichtsinnig
sagt die Vorsicht
Es ist unmöglich
sagt die Erfahrung
Es ist was es ist
sagt die Liebe

- Erich Fried, aus dem Buch „Es ist was es ist" -

Liebe im Chat

Was für eine dumme Frage, finde ich, ziehe die Augenbrauen hoch und tippe meine Antwort.

„Klar! Wer denn nicht?"

Ich lehne mich zurück, die Stuhllehne knarrt ins Dunkel der Wohnung, und warte auf seine Antwort. Im Dialogfeld des Chatfensters kann ich sehen, dass er tippt. – Sein Nickname ist Wurstbrot81 und eigentlich fand ich ihn aufdringlich und vorlaut, als er mich vor einer Woche in einem Chat einfach digital anrempelte. Es folgte ein kurzes Wortgefecht, das dann in ein Gespräch ausuferte. Seitdem ist ein tägliches Treffen im Chat, danach im Separee, bereits zur Routine geworden. Pünktlich um 22 Uhr. Ich logge mich ein und er ist schon da. Manchmal bezweifle ich, dass er den Chatraum überhaupt mal verlässt.

> „Kann ja sein, dass der ein oder andere Typ Mensch auch darauf verzichten kann."
> „Du denn?", frage ich und atme ein, starre auf den Bildschirm.
> „Ich kann und will nicht darauf verzichten."

Ich überlege; so ein Wurstbrot scheint er nicht zu sein, ein Lächeln huscht über meine vollen Lippen.

„Gute Einstellung", lobe ich ihn, bevor das Gespräch in ein kurzes Geplänkel übergeht und er sich für ein paar Minuten entschuldigt.

Das Wurstbrot ist nett. Angeblich studiert er in Berlin und kommt sich in der großen Stadt noch ein bisschen blöd vor. Schließlich ist er ein Kind vom Dorf.

Das Gegenteil von mir. Ich wohne mittlerweile in einer Gegend, die die Bezeichnung Stadt überhaupt nicht verdient hat und sehne mich nach meinem München. Meine Ausbildung, die ich mir leichtsinnig ausgesucht habe, hat mich verführt, hier ein neues Leben zu beginnen. Und mein neues Leben ist fürchterlich einsam. Umso mehr Zeit verbringe ich vor dem Computer, am Herd und vor meinem bis zum Rand gefüllten Teller, den ich mir hin und wieder auch 2 Mal auffülle.

Aufgefüllt wurden in den letzten Monaten auch meine Fett-polster. Ich war schon immer recht kräftig. Mit der Einsamkeit und Langeweile allerdings entwickle ich mich vom Moppelchen zum echten Fettsack. Und irgendwie kriege ich gerade nicht die Kurve, daran etwas zu ändern.

Daher ziehe ich meinen Bauch etwas mehr ein, atme, wenn mög-lich, in der Öffentlichkeit nur flach und lobe den Feierabend, wenn ich aus dem Großraumbüro flüchten kann, in dem 70% schlanke Frauen und 29% gutaussehende Männer sitzen, die die schlanken Frauen angaffen. Ich bilde die restlichen 1% und bin mit meinem Umfang eine eigenständige Randgruppe. Aber es ist ja nur noch ein Jahr!

Zuhause schmeiße ich dann sämtliche Klamotten von mir und ge-nieße es, wenn meine Haut atmen und ich mich setzen kann, ohne befürchten zu müssen, dass mein Hosenknopf gleich mit solch einer Wucht abplatzt, dass er einer meiner Kolleginnen ein Loch in den Kopf jagt. Wurstbrot schreibt.

„Bin wieder da."
„Wo warst du?", frage ich. Ich nehme es mir hier einfach raus, so neugierig zu sein.
„Habe mir ein Wurstbrot gemacht."
„Das hört sich nach Kannibalismus an." Ich hoffe er lächelt.

Ich muss gestehen, dass mir die Chats, die bis tief in die Nacht gehen, sehr ans Herz gewachsen sind. Wir kennen uns erst seit wenigen Tagen, aber ich würde sagen, ich bin ein bisschen verknallt. Wir haben viel voneinander preisgegeben. Was wir gern machen, was uns Angst macht, was uns Freude bereitet, was wir erlebt haben und wonach wir uns sehnen in unserem Leben. An erster Stelle Liebe. Weder er noch ich können darauf verzichten, wenn ich ihm

Glauben schenken darf – und genau das will ich. So, wie er sich liest, ist er toll. Angeblich heißt er Eric. Ich finde den Namen wirklich toll. Und eigentlich ist es mir momentan auch egal, ob er wirklich Eric heißt oder Igor. In meiner Vorstellung gefällt es mir genau so.

Nur gesehen haben wir uns noch nicht. Er hat schon ein paar Mal nach einem Foto gefragt, aber ich bin mir noch zu unsicher. Aber genau das Thema bringt er jetzt, zwischen dem Kauen seines Wurstbrotes und dem Schreiben, wieder zur Sprache.

„Das ist ok. Kannibalismus unter Wurstbroten ist gesund. Willste mal mein Brot sehen?"
Ich überlege, ob er mir wirklich einen Blick auf sein Brot gewähren möchte oder ob das eine unterschwellige Anmache sein soll.
„Nein. Brote sind nicht so interessant."
„Ich würde aber gern mal ein Foto von dir sehen."

Ich weigere mich, ihm ein Bild zu schicken. Habe Angst, dass er mich nicht hübsch findet. Ich bin kein Modelltyp. Habe starke Akne und eben die Pfunde zu viel, straßenköterblondes Haar, das viel zu dick und strohig ist und einen leichten Silberblick. Eines davon, oder die Kombination all meiner Makel, ist Grund dafür, dass ich noch nie einen Freund hatte. Schielmonster, Aknekuchen und Buttertopf nannte man mich in der Schule und während des Abiturs, an dem ich kläglich scheiterte.

„Lieber nicht."
„Na komm, ich schicke dir auch eines."
„Mir ist nicht wohl dabei", ich vertippe mich beim Schreiben ein paar Mal.

Natürlich bin ich neugierig, wie er aussieht. In meinem Kopf ist er ein Adonis, in Wahrheit vielleicht genauso ein Moppelchen wie ich. Mit einer dicken Hornbrille.

„Nein", sage ich.

„Du hast eine E-Mail!"

Mein Herz poltert in meine Hose.

„Mach auf", fordert er mich auf.

„Was hast du geschickt?"

„Guck doch nach", antwortet er frech.

Meine Neugier siegt und ich checke meine Mails. Ich öffne die Mail von ihm, in die nur ein Smiley geschrieben wurde, und dann den Anhang. Das Bild lädt mir viel zu langsam, obwohl meine DSL-Leitung schnell ist.

Und dann sehe ich ihn. Ist er es wirklich? Eric? Der, der mir gerade quasi gegenüber sitzt? Mein Herz rutscht noch weiter in meine Hose. Er sieht phantastisch aus! Strahlend blaue Augen, ein Lächeln, als wäre es nicht von dieser Erde und eine wirklich tolle Figur, sonnengebräunte Haut. – Und genau das schüchtert mich noch mehr ein.

„Jetzt du!" Er fordert mich auf.

„Lieber nicht."

„Hast du Angst, ich missbrauche dein Foto für irgendwas?", fragt er, setzt ein Smiley an seine Frage.

„Nicht direkt...", erstaunlich, dass man sogar im Chat herumdrucksen kann.

„Aha. Du hast die Hosen voll", errät er.

Ich antworte nicht und nach 5 Minuten kommt eine neue Nachricht.

„Hab dich nicht so. Wir chatten schon eine ganze Weile miteinander. Solange du nicht grün bist und 15 Augen hast, ist doch alles in Butter. Und wer weiß...vielleicht klopft die Liebe ja an unsere Tür."

Ich muss kurz auflachen. Wäre ja zu schön.

„Komm schon", drängelt er weiter und ich gebe mich geschlagen.
„Warte, ich muss nach einem Bild suchen."

Ich habe Angst, suche in meinen Dateien nach einem Bild, das vorzeigbar ist. Gerade könnte ich mir selbst dafür in den Hintern treten, dass ich mich immer benehme, als würde meine Seele eingefangen werden, wenn jemand mit einer Kamera ankommt.
Endlich habe ich eines gefunden. Schon zwei Jahre alt, mit noch einer Kleidergröße weniger und geglätteten Haaren auf der Hochzeit meiner besten Freundin, zu der ich als Einzige ohne Begleiter erschienen bin.

„Aber nicht lachen", ermahne ich ihn und bekomme es wirklich mit der Angst zu tun.
„Keine Sorge."
Ich versende das Bild. Es dauert mir zu lang.
„Gleich wissen wir, ob es Liebe ist", schreibt er und setzt ein freches „LOL" hintendran.
Dann ist die Mail weg: „Sollte bei dir sein."
„Ich gehe gleich mal schauen."

Ich nicke und bemerke gar nicht, dass er es nicht sehen kann, sitze dann angespannt auf meinem Stuhl. Die Lehne knarrt wieder, als ich mich zurücklehne.

2 Minuten vergehen, 3. Er schreibt noch immer nichts. Vielleicht hat er eine langsame Verbindung, überlege ich. Das Kind in meinem Kopf denkt sich, er packt bestimmt seine sieben Sachen und macht sich auf den Weg zu mir, weil er mich will.

5 Minuten sind um. Ich werde nervös.

„Und?", frage ich und bin froh, dass er das Zittern meiner Finger nicht sehen kann, die Eisklötzen gleichen. Keine Antwort.

Stattdessen loggt er sich 6 Minuten später wortlos aus – und ich verstehe, dass unser kleines Separee-Märchen ein jähes Ende gefunden hat, dass es nicht die große Liebe war, dass Eric, das Wurstbrot, den Chat verlassen hat. – Und dann fängt es an, ganz fürchterlich weh zu tun.

Katja (30)

Liebe

Die Liebe, lieben, geliebt werden, es gibt viele Dinge, die die Liebe beschreiben. Aber warum wird in unserer Gesellschaft heute die Liebe nicht mehr so wichtig bzw. ernst genommen?

Früher haben sich zwei Menschen getroffen, dann in einander verliebt und haben später irgendwann geheiratet. Meistens war es sogar der einzige Partner, den man je hatte. Wenn es mal Streit gab, hat man sich nicht sofort getrennt, das ging allein schon nicht wegen der Kinder und dann hat man auch noch daran gedacht, was die Nachbarn sagen würden.

Ich habe vor ein paar Wochen ein Bild gesehen. Auf diesem Bild war ein älteres Ehepaar zu sehen und ein Spruch: „Wir sind in einer Zeit groß geworden, wo man Dinge, wenn sie kaputt gehen, nicht weg-wirft, sondern repariert."

An diesem Spruch, wie ich finde, ist viel Wahrheit dran, man hört aus dem Bekanntenkreis, in der Verwandtschaft oder in seinem Umkreis oft, dass Beziehungen scheitern. Entweder geht einer von den beiden Partnern fremd, sie können es nicht mehr miteinander aushalten oder einem der beiden passt es einfach nicht mehr mit dem anderen und braucht was Neues. Ich frag mich dann, ob die sich wirklich lieben oder ob die sich jemals geliebt haben. Weil wenn man einen Menschen wirklich richtig liebt, dann möchte man doch den Rest seines Lebens mit diesem Menschen verbringen. Wenn einer den anderen aber betrügt, dann muss man darüber sprechen und gucken woran es liegt, dass der eine den anderen hintergeht. Es liegt ja nicht immer nur an einem, sondern an beiden.

Man sollte den anderen fragen, warum er so weit gegangen ist und dann versuchen, von beiden Seiten etwas an seiner Beziehung zu verändern bzw. zu verbessern. Aber wie kommt ein Partner darauf zu sagen, ich brauche etwas Neues. Sowas sagt man doch zu keinem Menschen, den man mal geliebt hat. Dann findet man doch alles an diesem Menschen zum Verlieben und vielleicht kann man ja noch viel Neues über seinen Partner erfahren, indem man miteinander spricht oder Sachen macht, die man noch nie gemeinsam getan hat.

Natürlich kann man nicht als Außenstehender darüber urteilen, warum sich manche Paare trennen und ich denke, man muss selber mal in so einer Situation stecken, um es wirklich nach zu vollziehen. Aber bevor man sich trennt, sollte man sich diesen Schritt gut überlegen und man muss sich ja nicht aufhören zu lieben, wenn man sich getrennt hat. Man sollte sich Zeit geben und gucken, ob man es schafft seine Beziehung zu reparieren. Weil irgendwann macht man sich vielleicht Vorwürfe und denkt oft daran zurück, dass die Beziehung vielleicht noch zu retten gewesen wäre.

Louisa (16)

Wohlfühlfaktor Liebe

Liebe ist, wenn Menschen sich küssen. Wenn Mama und Papa sagen, ich hab dich lieb. Wenn man jemanden immer anlächelt. Ich bin fröhlich, wenn jemand sagt, dass er mich lieb hat. Und wenn ich mit meinen Freunden spiele und mit ihnen Zeit verbringe, dann fühle ich mich gut.

Wie findest Du denn die Liebe?
Liebe find ich gut, weil Menschen sich dann nicht mehr so viel streiten. Weil man dann Kinder bekommt und man immer mit einem sprechen kann. Ich weiß über Liebe, dass man sich dann wohl fühlt. Wenn man verliebt ist, dann streitet man sich auch mal. Danach trennen sich manche und manche haben sich wieder lieb.

Wie merkt man denn, dass Menschen sich lieben?
Wenn man jemanden unterstützt. Wenn man sagt, ich mag dich! Man muss sich gut verstehen, aber man darf sich auch mal streiten.

Kennst Du denn Menschen, die sich lieben?
   - Mama und Papa und Oma und Opa haben sich lieb
   - Oma und Opa haben mich auch lieb
   - Thomas und Anne lieben Frieda
   - Steffi und Carsten verstehen sich gut.

Und wie ist es, wenn man sich liebt?
Wenn man jemanden liebt, vermisst man jemanden auch. So wie Mama und Papa und Lina, die hab ich lieb. Auch wenn jemand nicht da ist, dann kann man den vermissen und lieben. Aber man sagt eher ich hab dich lieb als ich liebe dich.

Paul (8)

„Die Liebe macht nicht blind –
durch ihre Augen sieht man
mehr, nicht weniger."

- Rabbi Julius Gordon -

Das erste Date

Schnell aufgeräumt, das Bad geputzt, gestaubsaugt, geduscht, das Make up und die Frisur gerichtet. Dann noch die Nägel gefeilt und lackiert, die Hände in Handcreme getaucht, das schwarze Kleid übergezogen und ein Hauch von Parfüm hinter die Ohren gesprüht. So, jetzt darf er kommen. Ich blicke auf die Uhr: noch 20 Minuten, dann ist es soweit. Mein Internetdate will mich heute zur ersten Verabredung abholen. Drei Wochen lang haben wir tagsüber und auch manchmal nächtelang gemailt, gesimst, gechattet und uns dabei scheckig gelacht. Er wollte nicht telefonieren, das habe ich respektiert, obwohl es mich brennend interessiert hätte, wenigstens einmal seine Stimme zu hören.

Heute bekomme ich die geballte Ladung: Stimme, Duft, Aussehen, Schuhe…Die Schuhe sind ein großes Thema. Für mich auch manchmal ein Ausschlusskriterium. Wer seine Schuhe nicht pflegt, ist unordentlich, hat keinen Sinn für Sauberkeit und Pflege. Die Erfahrung hat es mich gelehrt. Warum habe ich damals bei meinem Exmann mich nicht auf seine Schuhe konzentriert? Vielleicht gerade weil ich nicht daran geglaubt hatte. Heute tue ich es. Ist mein Date jemand, der auf seine Schuhe und Kleidung achtet? Geht er mit Frauen respektvoll um? Hat er Anstand und gute Manieren? Ist er dick oder dünn? Auf dem Foto im Internetportal sah er ziemlich moppelig aus. Egal, ich bin auch mollig. Nicht fett, aber griffig. Oh Gott, hoffentlich bin ich ihm nicht zu dick? Wie viele Männer hatten mich abgelehnt, weil ich nicht schlank bin? Ich wollte jetzt nicht zählen, aber es waren genug. Also ob das Gewicht eine Aussage über meinen Charakter macht? Sind dünne Frauen auch immer hübscher und intelligenter?

Eine Nachricht auf meinem Handy. Er schreibt:„Bin in zehn Minuten da". Ich blicke auf die Uhr, ich schreibe zurück:„Ich gebe zu, ich fange an zu hyperventilieren." Seine Rückmeldung:„Lach! Dann trink ein Glas Sekt, das beruhigt". Ich simse zurück:„Na toll, beim ersten Date mit Alkoholfahne...". Er:„Keine Angst, das verschreckt mich nicht". Ich gehe zum Kühlschrank, hole meine angebrochene Flasche Prosecco raus und genehmige mir ein Glas. Ja, das beruhigt tat-sächlich.

Es klingelt, panikartig kippe ich den Rest des Alkohols hinunter, verschlucke mich fast, huste und schaffe es nicht, die Gegensprech-anlage zu betätigen, ohne dabei wie eine keuchhustenerkrankte alte Frau zu klingen. Mein Kopf ist heiß, meine Backen knallrot, ich sehe es im Spiegel im Flur. Verflixt! Ich sehe aus wie ein kleines wohl-genährtes Mädchen vom Bauernhof. Nichts ist zu sehen von der al-leinerziehenden, perfektionistisch veranlagten Karrierefrau. Ich öffne die Türe. Es gibt kein Zurück mehr. Er steht draußen, es ist kalt und ich habe mich seit zwei Wochen auf diesen Tag gefreut. Jetzt keinen Fehler machen, wie er wohl aussieht? Ob ich ihm gefalle?

Der Summer der Eingangstür klingt wie ein lautes Brummen in meinen Ohren. Brumm....klick...flotte Schritte sind auf den Stufen zu hören. Ich bin beruhigt. Schwerfällig würde bedeuten, dass er wirklich so korpulent und gemütlich ist, wie er auf dem Foto wirkte. Und dann steht er vor mir. Zuerst sehe ich die blitzblank sauberen schwarzen Lederschuhe. Ich hebe den Kopf, denn er ist tatsächlich so groß, wie er es mir beschrieben hat. Auch ist er schlank und gut gekleidet. Der schwarze Wollmantel ist geöffnet, darunter trägt er ein weißes Hemd, schwarze Jeans, Ledergürtel. Der Blick in seine Augen trifft mich wie ein Schlag. Ein Blitz fährt durch meinen Körper, mein Herz bleibt für Sekunden stehen, bis es sich daran erinnert, wieder weiterzuarbeiten. Meine Atmung beschleunigt sich, meine Vernunft verlässt mich, das Gehirn hat jetzt ein Vakuum erreicht.

Ich bekomme gerade noch ein „Hallo" über die Lippen, während er mir ein Bussi links und rechts auf die Wangen haucht. Er strahlt mich an, ich bitte ihn herein. „Ich muss mir noch Stiefel und Mantel anziehen". „Nur keine Hektik, junge Dame". Tolle Stimme, denke ich. Mit leichten Schritten erobert dieser Mann meine Wohnung und mein Herz. Ja, es gibt sie: die Liebe auf den ersten Blick. Mal sehen, was der Abend noch bringt.

Dieser Moment ist aber einer der wenigen, die ich festhalte, nie wieder loslasse. Das weiß ich schon. Er sieht sich in meinem Wohnzimmer um, krault meine Katze, nimmt auf der Armlehne meines Sofas Platz. So, als ob er noch nie wo anders gewesen ist, so, als ob er hierher gehört. Ich habe inzwischen meine Schuhe an, er springt auf, hilft mir wie ein Gentleman in den Mantel. „Kommen Sie, junge Dame. Unser Tisch wartet schon". Ich lächle und folge ihm.

ENDE

Tessa Christ (44)

Liebe ist…

Ja, was ist eigentlich LIEBE? Ein Wort mit fünf Buchstaben, drei Vokalen, zwei Konsonanten. Laut meiner Enzyklopädie ist Liebe:

„Ein Gutes, Angenehmes, wertes Gefühl und die Bezeichnung für die stärkste Zuneigung und Wertschätzung, die ein Mensch einem entgegenzubringen in der Lage ist.

Nach engerem und verbreitetem Verständnis ist Liebe ein starkes Gefühl, mit der Haltung inniger und tiefer Verbundenheit zu einer Person, die den Zweck oder Nutzwert einer zwischenmenschlichen Beziehung übersteigt und sich in der Regel durch eine entgegenkommende tätige Zuwendung zum anderen ausdrückt. Hierbei wird zunächst nicht unterschieden, ob es sich um eine tiefe Zuneigung innerhalb eines Familienverbundes (Elternliebe, Geschwisterliebe) oder um eine Geistesverwandtschaft handelt (Freundesliebe, Partnerschaft)…"

Da Liebe ein Gefühl ist, interpretiert jeder von uns dieses Wort anders. Ist man jung, denkt man, Liebe ist dieses Kribbeln im Bauch und die rosarote Brille, wenn man jemanden gefunden hat, den man mag. Wenn man älter wird, ändert sich die persönliche Definition dieses Wortes. Man liebt, wenn man jemanden an seiner Seite hat, auf den man stolz ist, was er in seinem Leben geleistet und erreicht hat und mit dem man, komme was wolle, durch dick und dünn geht. Aber auch was man selber für einen anderen Menschen tut und die eigenen Interessen hier und da mal zurück stellt, das ist für mich Liebe. Man darf sich selbst aber nie voll und ganz aufgeben oder für den anderen verbiegen.

Es zeugt von wahrer Liebe auch mal Sachen zu machen, die nicht den eigenen Interessen entsprechen, z.B. auf ein Konzert gehen von einer Band, die nicht den eigenen Geschmack trifft oder sich zum 100. mal die gleiche Liebesschnulze anzuschauen, einfach nur weil es dem anderen wichtig ist. Die wahre Liebe hat man gefunden, wenn nicht jeder in einer Beziehung sein eigenes Ding macht, sondern wenn aus einem ICH und einem DU ein WIR wird…

Die Liebe wird immer das bedeutsamste und größte Gefühl bleiben, aber wie alles im Leben hat auch sie einen Gegenpart. In Gegensatz zur Liebe steht der Hass, wobei ich denke man ist nur in der Lage jemanden zu hassen, wenn man auch andere Gefühle für die diese Person hegt. Hass ist ein großes und grausames Wort, aber die Liebe wird immer das bedeutsamste, größte und schönste Gefühl bleiben. Hierzu möchte ich gerne etwas aus einem Kindermusical zitieren:

„Im Strom der Zeit ist alles gleich.
Gut und Böse, Tag und Nacht, Hass und Liebe.
Was du daraus machst liegt allein an Dir.
Das Gute erkennt man nur, weil es auch Böses gibt,
Stärke zeigt sich dann, wenn auch das Schwache siegt.
Der Hass ist so alt wie diese Welt,
die Liebe ist im vorangestellt.
die Liebe ist unendlich, durchdauert Raum und Zeit.
Der Hass ist klein und weiß nicht von dieser Ewigkeit
Der Hass ist kalt, die Liebe brennt.
Der Hass erlischt, die Liebe lebt
Und wenn du auch so fühlst:

Steht der Himmel in Flammen,
geht ein Sturm durch mein Blut,
steht die Erde in Flammen…

und wird es immer tun!"

(Peter Maffay aus „Tabaluga und Lilli")

Zum Schluss meiner Definition zum Thema Liebe möchte ich Euch noch gerne etwas erzählen, wie ich erst kürzlich wieder die Liebe wahrgenommen habe.

Wir waren mit einer Gruppe von 10 Personen zum „Ritteressen". Der Recke Bernulf erzählte uns eine Geschichte, wie man im Mittelalter um seine Angebetete geworben hat. Im Gegensatz zu heute hatten die Männer es nicht leicht, sie mussten oft Monate oder Jahre ihrer Herzensdame den Hof machen, ehe man mit ihr den Bund der Ehe eingehen durfte.

Wenn die Schmetterlinge im Bauch verschwunden sind und der Alltag einkehrte, ist es oftmals in vielen Beziehungen nicht einfach. Der kleine Unterschied zum Mittelalter und Heute ist allerdings, dass es einem heute sehr einfach gemacht wird getrennte Wege zu gehen. War es früher so, wie bei der Eheschließung versprochen, „in guten wie in schlechten Tagen", „in Gesundheit wie in Krankheit", „bis das der Tod uns scheidet", wird dieses Gelübde heute nicht mehr so ernst genommen. Gerade der Satz „bis das der Tod uns scheidet" wurde zu mittelalterlichen Zeiten sehr ernst genommen. So blieb einer Frau nichts anderes übrig, als den Mann mit einem Pilzsüppchen zu vergiften um ihn loszuwerden.

Heute geht man zum Anwalt. Viele sehen es nicht mehr für notwendig an, für ihre Liebe zu kämpfen und zu einander zu stehen. Ist es doch sehr viel einfacher sich in harten Zeiten scheiden zu lassen und jeder geht seinen eigenen Weg. Aber ist das der bessere Weg?

Zurück zum Recken Bernulf. Bernulf erzählte uns, dass auch in unserer Mitte ein junger Recke anwesend war, der seiner Geliebten etwas Wichtiges zu sagen habe. Ein Pärchen aus unserer Gruppe wurde gebeten aufzustehen. Der junge Mann war sehr aufgeregt und erzählte seiner Freundin, wie sehr er sie, trotz des holprigen Starts ihrer Beziehung, liebt und dass er mit ihr zusammen bleiben möchte. Er holte eine kleine Schachtel aus seiner Hosentasche, fiel vor ihr auf die Knie und machte ihr, vor versammelter Mannschaft eines gut gefüllten Wirtshauses, einen Heiratsantrag. Da ich dies zum Thema Liebe schreibe ist es, denke ich, nicht sehr verwunderlich, dass die holde Maid mit einem sehr gut hörbarem „JA!" geantwortet hat.

Ich fand es sehr mutig von dem jungen Mann, die Liebe zu seiner Freundin in aller Öffentlichkeit, vor wildfremden Menschen und eingebaut in ein kleines Theaterstück, zu gestehen. Wir alle waren Zeugen, dass er auf ewig mit ihr zusammen bleiben will. Das ist für mich Liebe!

Auf diesem Wege wünsche ich den beiden und allen, die ihre wahre Liebe gefunden haben, für die Zukunft alles Gute und mehr Sonnenschein als Regen im gemeinsamen Leben. Geht mit dieser Liebe behutsam um und kümmert euch gut um sie, damit sie nicht eingeht.

Liebe ist…

> …seine eigenen Interessen für den anderen ab und zu mal hinten an zu stellen.
> …durch dick und dünn mit einander zu gehen
> …wenn man eine Person gefunden hat, für die man sich vor Gott und der Welt zum Deppen machen würde
> …ein hartes Stück Arbeit

Alexandra (29)

„Die Liebe trägt die Seele, wie die Füße den Leib tragen.“

- Katharina von Siena, ital. Mystikerin -

Allumfassende Liebe

Sobald man über die Liebe schreibt, denkt man darüber ganz anders nach. Nun frage ich mich, was ist Liebe? Wie empfinde ich Liebe? Wann liebe ich? Was liebe ich? Wen liebe ich?

Als erstes fällt mir die Liebe einer Mutter ein. Die Mutter liebt ihr Kind, ohne etwas zu erwarten. Diese Liebe entsteht bereits im Mutterleib, wenn das Baby noch gar nicht geboren ist. Sie wird als „Bonding" gefestigt sobald das Kind, direkt nach der Geburt noch nass und schrumpelig, am Herzen der Mutter liegt. Die Schmerzen der Geburt sind augenblicklich vergessen und die Seele strömt über vor Liebe und Glück. Genauso fühlt es sich für mich an. Außerdem habe ich das große Glück und konnte meine Kinder zu Hause in liebevoller und geschützter Atmosphäre in diese Welt gebären.

Als nächstes fällt mir die Liebe zum Partner ein. Am Anfang ist man verliebt und die Hormone spielen verrückt. Doch dann weiß man irgendwann, dass diese Liebe mehr ist als nur eine Gefühlsduselei. Es fühlt sich richtig an, den anderen an seiner Seite zu haben. Wenn nun die ersten Schwierigkeiten auftreten, spürt man eine innere Kraft, die einem hilft jegliche Situation gemeinsam zu meistern. Es ist ein Gefühl tief drinnen im Herzen, ein Wissen, dass es richtig ist nicht aufzugeben. Es ist das Gefühl der Seelenliebe für den Anderen. Sie ist größer und mächtiger als der momentan empfundene Schmerz oder jegliche Verletztheit. Man ist für einander da, egal was gerade Schlimmes ist. Diese Liebe lässt einen gemeinsam wachsen. Ich durfte diese Erfahrungen machen und daran reifen.

Es gibt noch die Liebe zu einem Tier. Diese Liebe ist ohne Worte. Sie findet auf einer non verbalen Ebene statt. Ich habe eine Katze, sie zeigt mir Gefühle und Gesten. Sie kommuniziert durch ihre Augen und durch ihre Seele mit mir. Ich empfinde eine tiefe Zuneigung und Sicherheit, weil ich weiß, dass mich mein Tier nie verletzen wird. Es ist eine Liebe ohne Worte.

Die reinste Liebe, die ich je erfahren habe, ist die Liebe zur Schöpfung. Wenn ich spazieren gehe und mich mit der Natur verbinde, wenn ich mich ganz auf sie einlasse, dann kann ich Gott in ihr erkennen. Dann öffnet sich meine Seele und ich empfinde ein tiefes Glücksgefühl und eine Dankbarkeit zum Leben. Die Blumen und Bäume erstrahlen im Licht und in mir erstrahlt mein eigenes Licht.

Ich glaube, wenn man sich selbst mag und akzeptiert, so wie man ist, dann kann man Liebe in allem erfahren. Es ist ein Gefühl im Herzen und in der Seele. Es ist ein Licht, ein Glücksgefühl, das einem niemand anderes geben kann, man muss es selbst erfahren.
Danke, dass ich Liebe fühlen kann!

Herzlichst,

Bianca (44)
www.energie-bild.de

Loki-Liebe

Eines Tages kam ich zu meinen Großeltern ins Burgenland und sah, dass sie einen Hund hatten. Sie haben ihn Loki genannt. Ich mochte ihn nicht nur, nein ich liebte den Hund. Mein Bruder und ich spielten sehr oft mit ihm.

Wir hatten immer sehr viel Spaß miteinander, aber der Nachteil war, dass wir immer mit ihm Gassi gehen mussten. Es gab eine große und eine kleine Runde, die wir gingen. Nach dem Mittagessen gingen mein Bruder und ich immer wieder im Pool spielen, weil wir nicht schwitzen wollten. Loki wartete immer daneben, bis wir wieder heraus kamen. Nach dem Vergnügen mussten wir uns duschen, abtrocknen und uns anziehen.

Nachts war es meistens kühl und feucht, aber Loki hat es jede Nacht draußen durchgestanden. Wir mussten zwar immer wieder nach Hause fahren, aber wir kamen wieder zurück. Wir sind nach ein paar Jahren mit Rollerskates gekommen und durften mit ihnen beim Gassi gehen mitfahren. Immer bei der Raststation trank Loki mit der Zunge und wer die Hand davor hielt, wurde eventuell abgeschleckt. Man konnte dort auch selbst trinken. Wir tranken auch, aber meistens ruhten wir uns aus. Dann fuhren wir weiter und kamen schließlich zuhause an.

Nach dem Abendessen wäre es auch schon Zeit zum Schlafen gehen gewesen, aber wir durften meistens noch einen Film anschauen. Loki durfte während der Nacht auf uns aufpassen. Dann brach auch schon nach dem Schlafen der Tag wieder an und mein Opa ging mit Loki Gassi. Wir waren immer beim Essen, als die beiden nach Hause kamen. Loki war meistens schmutzig und durfte deshalb nicht gleich unter den Tisch. Erst nachdem er gereinigt wurde, lief er sofort unter den Tisch und begann die Brösel auf zu schlecken.

Besonders viel Spaß hatten wir beim Frolic werfen, weil er immer hoch gesprungen ist, um es zu fangen. Die Ohren sahen dabei am lustigsten aus, weil sie dabei hinauf und hinunter flogen. Jetzt da er tot ist, hat es eine Weile gedauert bis wir den Schmerz verkraften konnten und danach haben sie einen neuen Hund namens Zorro gekauft, und hoffentlich haben wir auch so viel Spaß wie mit dem Loki.

Andreas (12)

Liebe bis in den Tod

Es ist der 21. September. Heinrich Jozef, 86 Jahre, steht mühsam auf, um sein alltägliches Morgenritual zu beginnen. Es fällt ihm zwar immer schwerer, aber er muss. Er schaut sich um und sieht, wie seine Frau Anna Maria, selbst 84 Jahre, ihn mit besorgtem Blick anschaut. Er nimmt ihre Hand und drückt sie sanft zusammen. Es bedarf keiner Worte.

Er zieht sich an und fängt an das Frühstück zu zu bereiten. Das Gespräch des gestrigen Abends spukt noch immer in seinem Kopf umher. Wie sollen sie nur weitermachen, was sollen sie tun? Das Gespräch warf mehr Fragen auf, als es beantwortete. Über 60 Jahre haben sie Liebe und Leid geteilt, 3 Kinder großgezogen, und das alles in ihrem Häuschen am Grachtweg. Aber jetzt kommt das Ende näher. Seine Frau braucht immer mehr Hilfe, die er ihr aus voller Liebe gibt. Aber er wird müde. Manchmal schafft er es sogar trotz Hilfe seiner Kinder nicht mehr. Und die haben vorige Woche sogar das erste Mal das Wort „Altenheim" fallen lassen. Er schüttelt den Kopf. Weg mit diesen Gedanken, denn seine Frau wartet bereits auf ihn.

Heinrich läuft ins Schlafzimmer und schaut seine geliebte Frau an. Da wird es ihm sofort klar: „Nein, kein Altenheim. Ich will die Regie über mein Leben. Unser Leben." Er hilft seiner Frau sich zu waschen, zieht sie an und begleitet sie ruhigen Schrittes zum liebevoll gedeckten Frühstückstisch. Anna drückt zärtlich seine Hand und seinen Arm und sagt: „Es geht in Ordnung, Heinrich". Die Worte berühren ihn zutiefst. Wie sehr er diese Frau doch liebt. „Wir müssen das mit den Kindern besprechen", sagt er mit ruhiger Stimme. Anna nickt: „Es wird nicht einfach werden, aber gemeinsam sind wir stark."

Es vergingen einige Wochen. An einem regnerischen Sonntagmittag sitzen Heinrich, Anna und ihre Kinder zusammen in der warmen

Stube. Heinrich hat die Kinder gerade über ihre Entscheidung informiert. Er erzählte, was sie tun werden und wie sie es vorhaben. Die Kinder schauen sich ungläubig an. Die jüngste Tochter Beatrice ist die erste, die ein Wort rausbringen kann: „Ich verstehe das nicht." Für Heinrich und Anna ist die Sache klar, nur ihre Kinder werden noch Zeit brauchen, um die Entscheidung zu verarbeiten. Heinrich beruhigt sie deshalb: „Gebt der Entscheidung Zeit und denkt in Ruhe darüber nach." Die älteste Tochter Hanna nickt bedenklich und ergreift das Wort: „Irgendwie verstehe ich euch schon und es trifft uns sicherlich hart. Aber Vater, Du hast recht, wir müssen das erst verarbeiten. Ich kann Mutter und Dir sagen, dass ich eure Entscheidung respektiere und ich euch helfen werde, wo es nur nötig ist."

Die Kinder verabschieden sich und ziehen von dannen. Heinrich setzt sich neben seine Frau und umarmt sie herzlich. Anna ist müde aber zufrieden darüber, dass gerade eine riesige Last von ihren Schultern gefallen ist. Heinrich begleitet sie zum Bett und beide legen sich beruhigt zum Schlafen hin. Er hält ihre Hand fest und zusammen schlafen sie ein.

Eine Woche später kommt ihr Sohn Joris vorbei und führt ein langes Gespräch mit seinem Vater. Er bespricht mit ihm die juristische Seite ihrer Entscheidung und was alles noch beim Notar festgehalten werden muss. Doch schon schnell merkt Joris, dass sein Vater bereits an alles gedacht hat. Voller Erstaunen hört er seinem Vater zu, wie er davon erzählt, dass er alles bereits im Internet gefunden und geregelt hätte. Er hatte sogar bereits ein Gespräch mit einem Berater. Alles wird gut.

An einem kalten Novemberabend sitzen alle erneut bei einander. Die Kinder haben lange über die Situation nachgedacht und verkünden ihren Eltern ihren Zuspruch und Liebe für die getroffene Entscheidung. Es war wirklich nicht einfach. Auf einmal sagt Beatrice: „Wann wollt ihr euren Plan ausführen? Doch nicht vor den Weih-

nachtstagen, oder?" Heinrich steht auf und erklärt: „Ich habe hier-
über ausführlich mit eurer Mutter gesprochen. Wir möchten gerne
zusammen mit euch und euren Familien die Weihnachtstage feiern.
Noch einmal alle gemeinschaftlich zusammen sein in diesem Haus.
Das Haus, in dem ihr aufgewachsen, ausgezogen und mit unseren
wundervollen Enkeln zurückgekehrt seid. Wir hatten an einen Sonn-
tag im Januar gedacht." Heinrich schaut seine Kinder an und fragt:
„Was denkt ihr, gibt es noch mehr unpassende Termine?"

Die Kinder denken nach. Joris meldet sich zuerst mit einem Vor-
schlag: „Wie wäre es, wenn wir den 27. Januar als Termin festlegen?
Es ist doch eh komisch genug ein Datum dafür auszusuchen." Alle
nicken zustimmend, wenn auch mit gemischten Gefühlen.

Die Weihnachtstage kamen näher. Jede Woche kommt mindestens
eines der Kinder vorbei um zu helfen oder zu reden. Aber oft genug
auch einfach für eine Umarmung oder um gemeinsam zu weinen.
Die Tage gehen vorbei und gemeinschaftlich feiern sie ein wunder-
volles Weihnachtsfest. Heinrich und Anna genießen sie in vollen
Zügen, vor allem weil alle da sind. Alle Kinder und Enkelkinder.
Manche haben sogar was gebacken oder gekocht. So wurde der Tisch
reichlich gedeckt mit leckeren Speisen. Einige hatten sogar ein
schönes Gedicht vorbereitet, andere eine rührende Geschichte erzählt
und gemeinsam gesungen. Viel gesungen. Ein denkwürdiger Tag.

Heinrich schließt den Tag mit einem langen Gebet ab. Liebevoll
spricht er über seine Frau, seine Kinder und Enkelkinder. Er ist ein
gesegneter Mann. Doch der Tag der Tage rückt immer näher.

Es kam der 27. Januar. Heinrich und Anna liegen noch im Bett, als
Heinrich fragt: „Fühlt es sich immer noch richtig an, mein Schatz?"
Anna dreht sich zu ihrem Mann und küsst ihn sanft: „Ja, es fühlt sich
immer noch richtig an. Lass uns einen besonderen Tag daraus
machen." Gegen 10 Uhr kommen die Kinder zum Haus und bereiten

zusammen ein einfaches Essen zu. Beatrice steht mit ihrer Mutter in der Küche. „Schön, dass wir noch einmal zusammen sein können", sagt Beatrice. Anna nimmt ihren Arm und streichelt sie behutsam. „Sorge dafür, dass das so bleibt wenn wir nicht mehr da sind", bittet Anna sie.

Nach dem Essen steht Heinrich auf und spricht zu seinen Kindern: „Bevor wir nun zum Dessert kommen, möchte ich mit euch gemeinsam singen. Joris, machst du mal bitte den Plattenspieler an". Joris steht auf und kurz darauf schallt Musik aus den Lautsprechern. Heinrich greift Anna am Arm und gemeinsam tanzen sie ein letztes Mal. Die Kinder stellen sich im Kreis um ihre tanzenden Eltern. Gemeinsam singen sie, während ihnen die Tränen in Strömen über die Wangen rollen. Nicht nur aus Trauer, sondern einfach weil viele Emotionen hoch kommen - Wärme, Geborgenheit, Liebe und Glück.

Der Tanz nimmt sein Ende und Heinrich küsst seine Frau auf die Stirn. Sie setzen sich wieder hin und beten Hand in Hand mit ihren Kindern. Nach dem Gebet ist es Zeit Abschied zu nehmen. Die Kinder drücken ihre Eltern fest an sich, überhäufen sie mit Küssen und sagen ihnen letzte, liebevolle Worte. Dann fahren die Kinder davon.

Es wird still im Haus. Heinrich geht in die Küche und bereitet das Dessert zu. Er füllt Joghurt in die 2 Schüsselchen und bröselt darüber genug Schlafmittel für sich und seine Frau. Gemeinsam gehen sie in das Schlafzimmer. Zusammen mit ihren Schüsselchen setzen sie sich auf den Rand ihres Bettes und löffeln diese leer. Nachdem das Dessert aufgegessen ist, legen Heinrich und Anna sich nebeneinander ins Bett. Heinrich hält Anna beherzt fest, umarmt sie und küsst sie ein letztes Mal, kurz bevor sie in ihren tiefen Schlaf fällt. Kurze Zeit später fällt auch Heinrich in einen seligen Schlaf um zwar gemeinsam einzuschlafen, aber nicht mehr gemeinsam aufzuwachen.

Herma (44)

54

„Das einzig Wichtige im Leben sind die Spuren der Liebe, die wir hinterlassen, wenn wir gehen."

- Albert Schweitzer -

Liebe hoch zwei

Liebe ist ein schönes Wort. Meiner Meinung nach gibt es zwei Bedeutungen von dem Wort Liebe. Einmal das Wort Liebe selbst und das Adjektiv verliebt sein, das beides unterschiedliche Bedeutungen hat.

Liebe bezeichnet für mich, dass man eine Person so stark mag und mit ihr bis an das andere Ende der Welt geht. Ich bin jedoch der Meinung, dass man das Wort Liebe nur sagen soll, wenn man länger mit einer Person zusammen lebt und auch ihre Macken und Kanten kennt. Dieses Wort ist kein Wort, das man so aussprechen sollte ohne es auch wirklich ernst zu meinen, denn wenn man es nicht ernst meint und der Partner sich dann darauf etwas einbildet, können Missverständnisse auftreten. Deswegen sollte man aufpassen, was man zu seinem Partner sagt.

Verliebt sein ist eine andere Bedeutung. Denn verliebt sein sollte man im Leben öfter und es ist nicht schlimm, wenn man zu seinem Partner sagt: „Du, ich bin in dich verliebt." Man sollte es sogar zu seinem Partner sagen, denn ohne verliebt sein kann auch keine Partnerschaft gut funktionieren. Damit kann man dem Partner das Herz brechen.

Man merkt ob man verliebt ist daran, dass man zum Beispiel Schmetterlinge im Bauch hat, wenn man ihn (den Partner) sieht. Oder dass man ständig und ununterbrochen an ihn denken muss. Egal ob es tagsüber ist oder in der Nacht. Also dass man von ihm träumt. Das alles verbinde ich mit dem Wort Liebe bzw. verliebt sein.

Eine gute Freundin von mir (Sophia, 17) hat mal ein Gedicht über Liebe geschrieben, das meiner Meinung nach gut meine Gedanken, die ich hier vorher niedergeschrieben habe, wiedergibt. Aus diesem Grund habe ich mich entschlossen, dies in meinem Text mit auf zu nehmen:

<u>Liebe ist…</u>

Liebe ist,
wenn man jemanden nicht vergisst,
wenn man ihn nicht aus dem Kopf bekommt,
wenn man sich in Gefühlen sonnt,
wenn man sich gegenseitig Gefühle zeigt,
wenn man fast zum Himmel steigt,
man jemanden verehrt
genauso umgekehrt
dann heißt das, dass man sich liebt
und auf die 7. Wolke fliegt.

Lena (18)

Liebe kennt viele Formen

Liebe gibt es in verschiedenen Formen. Für mich bedeutet "die Liebe" eine allumfassende Form, welche die anderen beinhaltet. Sie bedeutet Respekt und achtsamen Umgang mit anderen Lebewesen, seien es zwei- oder vierbeinige, und bedingt das Achten der Rechte der anderen. Ich denke auch, dass Ehrlichkeit und Authentizität in wirklicher Liebe enthalten sind. Es ist wichtig, dem Gegenüber auch negative Dinge rück zu melden, damit dieser die Möglichkeit zur Veränderung hat. Die Entscheidung dazu muss er allerdings selbst treffen, denn Liebe kann nicht einhergehen mit Unfreiheit oder Zwang.

Wirkliche Liebe sollte weder die Freiheit eines anderen Wesens einschränken, noch die unterschwellige Forderung enthalten, sich so zu verhalten wie ich es möchte, denn hierbei geht es einzig um den Raum eines anderen und nicht um das, was für mich selbst hilfreich oder gut sein könnte. Und werden und sich entwickeln kann nur jeder für sich selbst und aus sich selbst heraus. Ich meine damit nicht, dass niemals Grenzen gesetzt werden sollen. Jeder hat das Recht auf seinen eigenen Raum und sollte darauf hinweisen, wenn ihm geschadet wird. Denn wir sollen ja auch uns selbst lieben und sind nicht weniger wichtig als alle anderen. Wer liebt, wird ein Fürsorgebedürfnis haben, und das hoffentlich auch gegenüber sich selbst.

Ich denke, dass man nur zur wirklichen Form der Liebe gelangen kann, wenn man an etwas glaubt. Wer alles für sinnlos hält, wird sich schwer tun zu lieben oder dies nur in einem sehr kleinen Rahmen schaffen. Das bedeutet aber abgeschnitten zu sein und, meiner Meinung nach, hat Liebe viel mit Verbundenheit zu tun. Mit Verbundenheit zur Welt, zur Natur, zum Universum und zu allen Lebe-wesen. Eben mit dem großen Ganzen. Wer sich verbunden fühlt, kann sich auch als Teil von allem fühlen und in der Liebe aufgehoben sein. Natürlich geht das nicht einfach so, und ich glaube,

dass dies ein langer Weg ist mit etlichen irreführenden Abzwei-
gungen, auf welche wir, gerade im Alltag, nur allzu leicht geraten
können. Es geht aber ja auch nicht um Perfektion, sondern darum, so
gut es uns möglich ist in der Liebe zu bleiben und uns immer wieder
neu zu entscheiden, uns bewusst zu werden und auf den Weg
zurück zu kehren. Ich bin sicher, schon Menschen begegnet zu sein,
die auf diesem Weg wandeln, und die sich nicht scheuen, dies auch
nach außen zu tragen. Denn diese Menschen, oder die Schnittstellen
mit diesen, haben mich besonders berührt und augenblicklich ein
Gefühl von stiller innerer Heiterkeit und Frieden in mir hergestellt,
und zwar einfach so. Ich wusste in diesen Momenten mit absoluter
Gewissheit, Teil von etwas Besonderem zu sein, und dass das Leben
mehr ist als einfach die Summe von uns Einzelnen. Eine Begegnung
möchte ich schildern:

An einem ganz gewöhnlichen Tag ging ich durch irgendeine Fuß-
gängerzone in irgendeiner Stadt. Wie üblich nahm ich nicht
unbedingt Blickkontakt zu anderen Passanten auf und war auch in
Eile, zu erledigen was ich erledigen wollte. Da kam mir eine junge
Frau entgegen, und durch Zufall kreuzten sich unsere Blicke. Und
dann lächelte sie mich plötzlich so strahlend an, dass ich ohne zu
denken zurücklächelte und ganz deutlich die Liebe dieser Frau zur
Welt oder zum Leben spüren konnte. Und auch mein Gefühl ver-
änderte sich durch diesen Kontakt, zumindest für einige Zeit.

Aber bedeutsam ist dieses Ereignis immer noch für mich, habe ich es
doch nach all den vielen Jahren noch nicht vergessen. Das zeigt mir,
dass wir alle etwas tun können, um Liebe zu leben und zu ver-
breiten, und es kann durchaus etwas Kleines sein, was den Lauf der
Welt in diesem Moment positiv verändert. Dies ist möglich durch
Liebe. Ihr Ausdruck zu geben ist wichtig, und wir sollten uns nicht
durch Ängste, wie dies wohl auf andere wirkt oder was andere von
uns denken, beeinträchtigen lassen. Denn gelebte Liebe ist Leben.

Ute (49)

Tierisch verliebt

Es war einmal vor langer, langer Zeit ein Mädchen, und sie hieß Laura. Sie hatte zwei Hundewelpen, und sie liebte sie sehr. Sie hatte auch ein Pony und sie hatte noch mehr Pferde, zwei Stuten und drei Hengste. Alle liebten sich sehr. Ihre große Schwester mochte sie auch. Aber sie wollte nicht länger dort bleiben; sie wollte ihre große Schwester allein lassen. Das Pony folgte ihr leise und merkte sich genau, wo sie für zwei Tage Rast machen wollte. Nach einem Tag suchte ihre Schwester sie, doch sie fand sie nicht.

Laura aber vermisste ihre zwei Hundewelpen, die sie nicht mitgenommen hatte. Immer hatte ihre Schwester ihr verboten, etwas mit den Hundewelpen zu spielen. Deswegen ritt sie wieder zurück. Als sie dort ankam, wartete ihre Schwester schon. Doch Laura wollte nichts mit ihr zu tun haben. Deswegen ritt sie auf ihrem Pony zu einem Geheimgang. Laura band das Pony fest und schlich durch den Gang bis in den Keller. Da sah sie schon ihre Hundewelpen zusammen in einer winzig kleinen Box. Schnell packte sie alle Hundesachen in eine Tüte und nahm die zwei Hundewelpen mit.

Rahel (7)

I Don't Believe in Love

Als Atheist werde ich häufig mit wilden Behauptungen konfrontiert. Einige drücken die Sorge um mein Seelenheil aus, andere drohen mit dem ewigen Feuer der Hölle. Das macht mir natürlich wenig aus. Die Angst, die von religiösen Institutionen seit jeher über den Weg des Glaubens in den Menschen am Leben gehalten wird, jene Angst, auf Basis derer zahllose Kriege und Blutvergießen verbrochen wurden, prallt ab an meiner unermüdlich humanistischen Grundhaltung.

Auf der anderen Seite aber wird mir mitunter vorgeworfen, ein sinnentleertes Leben zu fristen, indem kein Platz sei für die Mystiken der Existenz. Das wiederum ist keine Drohung, sondern eine Unterstellung. Denn: Glück, Freundschaft, Dankbarkeit und – allem voran – die Liebe, sind keine Geschenke der Götter an ihre folgsamen Untertanen. Es sind Fakten, die man sehen kann. Es sind Elemente, die greifbar sind für jeden, der die Augen auf seine Umwelt richtet ohne zu werten. Ich glaube nicht an die Liebe. Ich weiß, dass sie existiert.

Die Liebe hat mich freigemacht von den Dogmen künstlicher Idealismen. Und die daraus gewachsene Freiheit heilt sie von Schuld und der Angst Unrechtes zu tun. Vielmehr noch: sie bringt mich dazu, dankbar zu sein für die widersprüchliche Welt, in der wir leben, und sie in ihrer Vielfalt zu respektieren. Sie ermöglicht es mir, nicht auf das ewige und heilbringende Leben nach dem Tod zu hoffen, sondern aktiv zu sein im Hier und Jetzt, Verantwortung zu übernehmen für das Diesseits unseres unmittelbaren Zusammenlebens. Und zwar ohne Bedingungen zu stellen. Einfach so.

Ich liebe nicht, um ein höheres Wesen von meiner Würde zu überzeugen. Ich liebe, weil ich frei bin und von meiner Liebe nichts mehr erhoffe als sie selbst. Dogmen unterteilen Liebe in Konzepte, die sich – je nach moralischer Lust und Laune des herrschenden Zeitgeistes – in stetiger Veränderung befinden. Richtig oder falsch, zu belohnen oder zu bestrafen: Der Liebe sind solcherlei Maßstäbe fremd, weil sie sich selbst genügt und nicht unter dem Diktat geltender Moralvorstellungen auf eine Bequemlichkeit reduziert werden kann. Systeme, in denen Liebe kategorisiert und nach einem einheitlichen sozialen Muster zurechtgeschnitten wird, enden im Chaos; das weiß man nicht erst seit Shakespeare. Einschränkungen widersprechen dem grundsätzlich freiheitlichen Bestreben der Liebe, zwängen ihren natürlichen Strom in ein begradigtes Flussbett, nur, um in verheerenden Katastrophen über die eigenen Ufer zu treten.

Die Liebe bringt uns dazu, unsere eigenen Interessen hinter die eines anderen Menschen zu stellen. Sie ist der Ursprung einer jeden moralischen Handlung und gleichzeitig ein rudimentärer Überlebensinstinkt, der uns zusammenbindet. Aus ihr entspringt der unmittelbare Sinn für Gemeinschaft, das Verlangen nach Fortpflanzung und die Sorge um unser Gegenüber. Wenn ich liebe, dann tue ich das für mich, was ich aber tue, tue ich für jemanden anders. Das ist kein Paradoxon. Vielmehr liegt genau hier ihre simple und dabei bestechende Logik: Eine Gemeinschaft funktioniert nur, wenn ihre Mitglieder das Wohl des anderen als Grundbedingung ihrer eigenen Existenz anerkennen.

Wer Angst hat vor einer Liebe, die sich dem eigenen Verständnis entzieht, hat Angst vor der Freiheit und der Vernunft. Wer Angst hat, kann nicht vernünftig handeln und ist daher nicht frei. Wer nicht frei ist, kann nicht lieben. Wer nicht liebt, kann sich nicht auf sein Gegenüber einlassen. Wer seine Mitmenschen nicht versteht und sie deswegen verurteilt, schadet der Gemeinschaft.

Liebe ist Überleben. Das ist ihr Zweck. Sie ist der Grund, warum wir existieren und deshalb halten wir sie für mystisch. Wir reden von ihr, wie von einer höheren Macht, etwas, das nicht irdisch sein kann, etwas, das uns gegeben worden ist, um unser Leben eben dieser

Macht zu widmen. Dabei ist die Liebe einfach Liebe. Eine grundlegende Wesensart des Lebens, die einfach da ist, so wie unsere Organe, Muskeln und Knochen da sind. Ich glaube nicht, dass Gott uns die Liebe geschenkt hat. Ich weiß, dass die Liebe mein eigen ist und entscheide mich dazu, mich frei von ihr leiten zu lassen.

Florian (33)
www.eudyssee.net

„Glück ist Liebe, nichts anderes. Wer lieben kann, ist glücklich."

- Hermann Hesse -

Über die Liebe

zu schreiben wurde ich gebeten.

Ein großes Thema, wie und wo fange ich an?

Es wurde schon so viel darüber berichtet in Romanen, Gedichten, in Filmen, Liedern, auf Bühnen usw. Ich werde wohl nichts Neues berichten, vielleicht aber doch?

Liebe ist ein Gefühl, das im Herzen wahrgenommen wird. Gefühle in Worte zu fassen ist fast nicht möglich, Gefühle müssen erfahren werden.

Die ersten Liebeserfahrungen macht jeder als Baby. Ist ein Baby nicht gewollt, wird es nicht geliebt, nimmt es Schaden für sein ganzes Leben. Dieser Mensch wird alles ihm Mögliche tun, um Liebe zu bekommen, von den Eltern, Geschwistern, Mitschülern, später Partnern und anderen Menschen. Er wird sich verbiegen, lässt sich ausnutzen, quälen, beschimpfen, wie Dreck behandeln, wird verlacht, an allem für schuldig befunden, wird bedroht, für bekloppt erklärt, man möchte sich seiner entledigen, ihn umbringen oder auch wegsperren. Dieser Mensch wird ängstlich, schämt sich, versteckt sich, fragt sich: „Warum tun die das?" Er wird krank an Leib und Seele und Gemüt.

Liebe kann man nicht erzwingen, Liebe passiert.

Wir alle haben unsere Vorstellungen von der Liebe, z.B. das immerwährende Glücklichsein, das Happy End oder wir warten auf den Retter in der Not, den Prinz, wie in den Märchen.

Es gibt die wahre Liebe und die geheuchelte Liebe. Wahre Liebe erfahren wir von unseren Haustieren, den in Tierkörpern lebenden Engeln. Wie gut tut uns diese Liebe, wie heilend sie ist! Für Kinder sind diese Tiere oft die einzigen Freunde und welch starker Schmerz entsteht, wenn so ein Tier stirbt! Wenn es vor den Augen des Kindes bewusst getötet wird! Der Herzschmerz ist so stark, das Herz zerbricht, das Herz wird krank. Mir ist es so passiert.

Liebe und Schmerz sind nach meinen Erfahrungen dicht beieinander. Heilung bzw. Milderung des Schmerzes habe ich in der Natur erfahren.

Die Liebe zur Natur = die Natur ist voller Liebe.

Die Natur wurde meine Familie, hier fühlte ich mich beschützt und geborgen und geliebt. Zeitweise fühlte ich mich wie eins mit der Natur, wundersame Sachen passierten, die mich beglückten und zu Tränen rührten. Diese Wunderwelt der Tiere und Pflanzen, der Farben und Düfte erstaunte und nährte mich, ließ mich Dankbarkeit fühlen für all die Herrlichkeit Gottes. Besonders hervorheben möchte ich die gefiederten Tiere, die Vögel, auch die Hühner, Enten und Gänse, die mit ihrem Gezwitscher und Geschnatter und ihrer Art mein Herz erwärmten.

Ich machte mich auf die Suche, um mehr über göttliche und universelle Liebe zu erfahren. Über Meditationen, Pilgertouren, Beobachtungen und Vertrauen erfuhr ich mehr und mehr, dass Gott Liebe ist, und dass die Liebe alles zusammenhält.

Zu unserer Hilfe gibt es Geistwesen, die Engel und Schutzengel, die uns unterstützen, wenn wir darum bitten.

Ich bin so dankbar, dass es sie gibt.

Ganz wichtig ist für mich, <u>die Liebe zu mir selbst</u> wachsen zu lassen und <u>mein inneres Kind</u> zu lieben, zu achten und zu beschützen, das kleine Mädchen, in dessen Augen ich auch heute noch die Ängste und Schmerzen der Kindheit sehen kann.

Liebe heilt, Liebe beflügelt, Liebe versetzt Berge.

Eine wahre Mutterliebe zum eigenen Kind ist eine starke Liebe, die die Mutter kämpfen lässt wie eine Löwin, die ihr Junges verteidigt. Diese Liebe ist auch dann noch fühlbar, wenn das Kind erwachsen ist. Und etwas ganz Besonderes ist die Liebe zwischen Enkelkind und der Großmutter! Diese Liebe ist wie ein Geschenk des Himmels, birgt aber die Gefahr, dass Eifersucht bei den Eltern des Kindes oder anderen Familienmitgliedern entsteht, und sie nach außen nicht mehr gelebt werden kann. Das tut weh!!

In Liebe
Anurag Tarani (Seniorin)

Komplizierte Liebe

„Cel, Cel, guck mal da!!!"
Genervt verziehe ich das Gesicht. Ich muss mich gar nicht umdrehen, ich weiß schon, was ich sehen würde. Lucas. Lucas und ich kennen uns schon ewig, im Kindergarten lernten wir uns kennen. Seitdem sind wir befreundet. Jetzt sind wir auf dem Gymnasium in einer Klasse und reihenweise Mädchen sind in ihn verliebt. Diana sagt immer, dass sie sich wundert, dass ich noch nie verliebt war, aber ich glaube, eigentlich ist sie froh. Immerhin eine Konkurrentin weniger. Außerdem sind fast alle Mädchen aus meiner Klasse in ihn verliebt. Sich dort einzureihen wäre echt bescheuert. Und ich bin auch nicht in ihn verliebt. Ehrlich nicht. Das wäre auch ziemlich blöd, weil ich mit ihm nicht mehr so locker umgehen könnte. Das mit unserer Freundschaft könnte dann auch ziemlich kompliziert werden. Eine Freundschaft, um die mich fast alle beneiden.

Ein Quieken von Diana reißt mich aus meinen Gedanken. Ich drehe mich zu ihr um. „Hör mal, das nervt langsam. Könntest du nicht ein-fach zu Lucas gehen und ihm sagen, wie du für ihn empfindest."
Entgeistert sieht sie mich an, doch dann schüttelt sie den Kopf. „Ach Celine, du verstehst das nicht." Jetzt werde ich langsam sauer. „Dann erklär es mir doch!!!", fauche ich. „Na gut", fängt sie an.

„Du darfst einem Jungen nie deine Liebe erklären, wenn du dir nicht ganz sicher bist, ob er dich nicht auch liebt. Das wäre fatal, denn du könntest ihm nie wieder unter die Augen treten. Es wäre zu peinlich, verstehst du? Außerdem ist jetzt nicht der richtige Moment. Wir müssten schon alleine sein. Hör mal, kannst du nicht mal mit ihm reden? Ich meine, wie er so über mich denkt? Du kennst ihn doch so gut und ihr seid befreundet und…"

Sie sieht mich bittend an, doch bei mir knallt gerade die Sicherung durch. „Sag mal, ist das dein Ernst? Jetzt soll ich für dich auch noch den Liebesboten spielen?! Du träumst ja wohl!!! Und ich kann dir auch so sagen, was Lucas über dich denkt. Er findet dich meistens nervig, weil du ihm die ganze Zeit hinterher guckst und immer nur laberst und nie die Klappe hältst! Er versteht nicht, wie ich mit dir befreundet sein kann!!! Bei ihm hast du eh keine Chance! Er interessiert sich nicht für Mädchen." Dianas Augen weiten sich. Entgeistert sieht sie mich an und ihre Augen füllen sich mit Tränen. Sie dreht sich um und rennt weg. In dem Moment wird mir bewusst, was ich gesagt habe und Entsetzen kommt in mir hoch. Diana ist meine beste Freundin!!! Wie konnte ich so etwas nur sagen??? Panisch renne ich hinter ihr her. „Diana, warte!" Aber Diana rennt immer weiter. „Es tut mir leid!!! So warte doch!"

Plötzlich dreht sie sich um und sieht mich kalt an. „Wieso sollte ich?", zischt sie wütend, „Ich habe mich in dir getäuscht. Ich dachte, wir wären Freunde, aber scheinbar ist das doch nicht so." Ihr Blick behagt mir gar nicht, denn ich weiß, wozu sie fähig ist, wenn sie wütend ist. Gleichzeitig könnte ich mich gerade selber umbringen. Wie konnte ich nur ihre Gefühle so verletzen? Ich meine, es nervt mich wirklich, wie sie immer durchdreht, wenn Lucas in der Nähe ist, aber hätte ich ihr das so ins Gesicht sagen dürfen? Nein, hätte ich nicht. Da brauch ich gar nicht lange drüber nachdenken. Was soll ich nur machen??? Die Verzweiflung nagt an mir. Ich sehe noch immer Dianas enttäuschtes und doch auch so wütendes Gesicht vor mir. Oh ja, ich habe sie wirklich sehr verletzt.

Wieso muss Liebe nur so kompliziert sein??? Ich habe nie verstanden, warum alle so einen Rummel um die Jungs machen. Ich finde es ja viel besser, wenn man einfach mit ihnen befreundet ist, nicht verliebt. Man kann so viel lockerer mit ihnen umgehen. Wenn ich in Lucas verliebt wäre…Ich möchte gar nicht daran denken. Natürlich, irgendwie versteh' ich es schon so ein bisschen. Immerhin, Lucas sieht echt gut aus, das kann man nicht leugnen. Wenn wir irgendwas zusammen unternehmen, sehen mich viele eifersüchtig an. Aber deswegen gleich total durchzudrehen, nur weil er in der Nähe ist, finde ich dann doch ganz schön übertrieben. Trotzdem, ich fühle mich schuldig Diana gegenüber. Es stimmt, dass Lucas sie meistens echt nervig findet, aber er kennt sie auch nicht so gut. Und ich glaube, da ist noch etwas anderes. Ich bin eifersüchtig, auch wenn ich es mir gar nicht eingestehen mag. Was wäre, wenn Lucas eine Freundin hätte? Hätte er dann überhaupt noch Zeit für mich? Seufzend begebe ich mich auf den Heimweg und grüble weiterhin darüber nach, wie ich das mit Diana lösen soll…

Inzwischen ist ein Monat vergangen, und Diana ist immer noch total sauer auf mich. Ich habe mehrmals versucht, mit ihr zu reden, aber sie geht mir immer aus dem Weg. Ich habe keine Ahnung, was ich noch machen soll. Und das ist noch nicht mal alles. Der Rest der Mädchen aus meiner Klasse ist auch sauer auf mich. Dank Diana. Und das Ganze nur, weil ich gesagt habe, dass Lucas sich nicht für Mädchen interessiert. Dabei ist das die Wahrheit, er hat mir das selber gesagt. Und ich weiß einfach nicht mehr, was ich sagen soll. Außerdem sind da auch die Schuldgefühl wegen dem, was ich zu Diana gesagt habe. Obwohl ich immer wieder versucht habe, mit ihr zu reden und sie mir aus dem Weg gegangen ist, und ich immer versuche, mir ein zu reden, dass sie selber schuld ist, habe ich immer noch dieses miese Gefühl im Bauch und langsam macht mich das total krank.

Ich habe bisher noch nicht mit Lucas darüber geredet, weil ihn das Ganze eh nicht interessiert. Sagt er zumindest immer. Bisher hat er sich nur gewundert, weil ich gar nichts mehr mit Diana mache. Oh, es klingelt. Ich geh mal gucken, wer es ist. Es ist Lucas.

„Hey", sagt er und lächelt mich an.
„Komm, lass uns ein bisschen raus gehen."
„Ok", meint er. Gut. Gemeinsam gehen wir in den Garten und setzen uns auf die Schaukel. „So", sagt Lucas plötzlich, „Jetzt sag mal, was

mit dir los ist. Du bist schon die ganzen letzten Wochen so bedrückt. Außerdem triffst du dich gar nicht mehr mit Diana. Das ist doch nicht mehr normal!"

„Da ist nichts.", sage ich.

„Erzähl mir das nicht, Celine. Du bist immer fröhlich, aber jetzt überhaupt nicht mehr. Nur immer nachdenklich und bedrückt und überhaupt. Mit Diana ist es genauso."

Na toll. Eigentlich bin ich mir nicht wirklich sicher, ob ich Lucas überhaupt was von dem Ganzen erzählen soll und momentan habe ich nicht wirklich Lust dazu. Außerdem interessiert er sich sonst nie für Diana. Aber wenn er jetzt schon so fragt, kann ich es wohl kaum geheim halten. „Also gut.", gebe ich zu, „Diana und ich haben uns gestritten."

„Aha", meint Lucas nur, „Na und? Das habt ihr schon öfter gemacht. Und nach spätestens zwei Tagen habt ihr euch wieder vertragen." Na toll, jetzt erwartet er, dass ich ihm alles erzähle. Da hat er sich aber gewaltig geschnitten. Ich werde ihm ganz bestimmt nicht alles erzählen. Dann müsste ich ihm auch sagen, dass Diana in ihn verliebt ist (kann auch sein, dass er das schon gemerkt hat) und das kann ich nicht machen, auch wenn wir uns gestritten haben. Das wäre unfair. Außerdem soll sie ihm das schon selber sagen! Wieso muss Liebe nur so kompliziert sein?

Erwartungsvoll sieht Lucas mich an. Ich sehe zurück. Wenn er denkt, er kann mich einschüchtern, dann hat er sich geirrt. Nur weil er ein Jahr älter ist als ich. Er zieht eine Augenbraue hoch. Ich auch. Was er kann, kann ich doch schon lange. „Mein Gott", sagt Lucas auf einmal und schüttelt den Kopf, „Ich geb's auf. Du bist ja noch sturer als ich." Ich strecke ihm die Zunge raus und er muss grinsen, aber dann wird er wieder ernst. „Na gut, Cel. Ich muss wieder nach Hause. Es gibt gleich Mittagessen." Und das soll ich ihm glauben? Sicher! Es ist jetzt um elf. Aber gut, seine Entscheidung. Soll er doch.

„Ok", sage ich also nur. „Bis morgen!" Lucas steht auf und geht. Ich sehe ihm nach, dann räkle ich mich und stehe ebenfalls auf, um ins Haus zu gehen. In meinem Zimmer setze ich mich in meinen Sessel und schnappe mir ein Buch. Auf einmal fühle ich eine kalte Hundeschnauze an meinem Bein. „Na du", sage ich und beuge mich hinunter, um meiner Colliehündin Lilly Hallo zu sagen. Ich will mich gerade gemütlich einkuscheln und anfangen zu lesen, da kommt meine Mutter die Treppe hoch. „Telefon für dich!" Ich nehme es entgegen. „Hallo?" „Hallo Celine, hier ist Diana. Kannst du mal vorbeikommen? Ich muss dringend mit dir reden. Bitte!!!"

Kim (12)

Sweet Lorraine

Der 96-jährige Rentner Fred Stobaugh (USA) hat ein großartiges Werk der Liebe vollbracht. Fred lernte seine Frau Lorraine 1938 in einem Fastfood-Restaurant kennen. Nach nur 2 Jahren heiratete er die Frau, von der er sagt: „Sie war die schönste Frau, die ich je gesehen habe. Sie schenkte mir 75 Jahre meines Lebens." Ja richtig, die beiden kannten sich ganze 75 Jahre, wovon 73 Jahre verheiratet.

Sechs Wochen nachdem Lorraine verstorben war, schrieb Fred ihr als Dankeschön für die wundervollen Jahre ein Liebeslied und wurde damit zum Internet-Phänomen. „Ich saß nachts hier und dann fiel es mir ein." Was ihm einfiel, brachte er mit einem Bleistift zu Papier und reichte sein Lied bei einem Talentwettbewerb für junge Musiker und Liedermacher ein. Und obwohl er nicht gewinnt, wird ein Musikproduzent auf ihn aufmerksam und spürt die große Liebe hinter dem Song. So kommt es, dass er das Lied von anderen Sängern einsingen lässt und überrascht Fred damit. Doch nicht nur den Produzenten hat Fred mit seinem Lied bewegt, sondern auch die Internetgemeinde. Sein Lied wurde veröffentlicht und bereits Millionen Mal bei Youtube angeschaut. Eine große, liebevolle Leistung!

Original	**Übersetzung**
Oh Sweet Lorraine	Oh süße Lorraine
I wish we could do	Ich wünsche wir könnten
All The good times	Die guten Zeiten
over again	Noch einmal erleben
Oh sweet Lorraine	Oh süße Lorraine
Life only goes around	Das Leben geht vorbei
Once	Einmal
But never again	Aber niemals nochmal

Oh Sweet Lorraine	Oh süße Lorraine
I wish we could do	Ich wünsche wir könnten
All The good times	Die guten Zeiten
Over again	Noch einmal erleben
The good times	Die guten Zeiten
The good times	Die guten Zeiten
The good times	Die guten Zeiten
All over again	Alle noch einmal
The good times	Die guten Zeiten
The good times	Die guten Zeiten
The good times	Die guten Zeiten
All over again	Alle noch einmal
But the memories always	Aber die Erinnerungen bleiben
Linger on	Immer fortbestehen
Oh sweet Lorraine	Oh süße Lorraine
No I don't wanna move on	Nein, ich möchte nicht weiter
Oh the memories	Oh die Erinnerungen
always linger on	Bleiben immer fortbestehen
Oh sweet Lorraine	Oh süße Lorraine
That's why I wrote this song	Deshalb schrieb ich dieses Lied
Oh Sweet Lorraine	Oh süße Lorraine
I wish we could do	Ich wünsche wir könnten
All The good times	Die guten Zeiten
Over again	Noch einmal erleben
Oh sweet Lorraine	Oh süße Lorraine
Life only goes around	Das Leben geht vorbei
Once	Einmal
But never again	Aber niemals nochmal

Oh Sweet Lorraine	Oh süße Lorraine
I wish we could do	Ich wünsche wir könnten
All The good times	Die guten Zeiten
Over again	Noch einmal erleben
The good times	Die guten Zeiten
The good times	Die guten Zeiten
All the good times	All die guten Zeiten
All over again	Alle noch einmal

74

Liebe ist unbezahlbar…..

Mir fällt gerade diese Werbung ein…..dies kostet so viel….das kostet so viel ….und in diesem Fall hier…. kommt danach…..aber Liebe ist unbezahlbar!

Ich meine damit die wirklich wahre Liebe.

Ok, ich gebe zu, bei der, an die man dabei automatisch denkt, nämlich die zwischen Mann und Frau, habe ich in meinem Leben kläglich versagt. Ich habe es bis heute nicht geschafft, eine Beziehung auf zu bauen, die länger als zehn Jahre gedauert hat. Warum eigentlich nicht, bin ich vielleicht beziehungsunfähig, kann ich nicht richtig von Herzen lieben?

Das Zweite bei dieser Frage kann ich eindeutig mit „Nein" beantworten. Es gibt ja verschiedene Sorten von Liebe, nicht nur die zwischen Mann und Frau, Mann und Mann, oder Frau und Frau.

Ich meine eine Liebe, bei der man sich das Gegenstück nicht aussuchen kann. Wo man nicht weiß, wie dieser Mensch aussieht - ist er hübsch oder hässlich, dick oder dünn. Bei einem potenziellen Lebenspartner ist man doch meistens sehr wählerisch, was das Aussehen und auch verschiedene Charaktereigenschaften angeht. Stimmt einer von vielen Faktoren nicht, so ist man mit großer Wahrscheinlichkeit nicht bereit eine Beziehung ein zu gehen.

All dies ist bei der Liebe, von der ich hier rede, nicht relevant. Man kann diese Liebe sogar auf mehrere Personen verteilen. Es sollte bei meiner ausschweifenden Erläuterung schon jedem klar sein, wovon ich rede: Ich rede von der Liebe zwischen Eltern und Kindern. In meinem Fall ist es die Liebe zwischen Mutter und Kindern.

Wobei ich sagen muss, dass mich die Auslegung dieser Liebe aus

Sicht eines Vaters auch sehr interessieren würde. Vor allen Dingen, weil ich persönlich gerne wissen möchte, ob sie sich sehr von der einer Mutter unterscheidet. Aber das ist ja dann wieder ein ganz anderes Thema.

In meinem Fall handelt es sich um zwei unbezahlbare Lieben, nämlich die zu meiner Tochter und zu meinem Sohn.

Mutter zu sein sehe ich als einen Beruf an, den man vom Tag der Geburt bis ans Lebensende inne hat. In dem Wort Beruf steckt das Wort Berufung....und genau das ist es für mich. Muttersein kann man auch als Job bezeichnen, für den es keine Ausbildung gibt, der ein 24 Stunden-Job, 7 Tage die Woche ist....und das....ohne einen Pfennig (hört sich besser an als Cent) Geld. Ach ja, das Unkündbare sollte man auch nicht außer Acht lassen.

Warum habe ich dies alles hier nun eigentlich geschrieben?

Nun, dafür gibt es mehrere Gründe! Niemand sollte Liebe als selbstverständlich ansehen, in welcher Konstellation auch immer. Man sollte sich vor Augen halten, dass es auch immer ein Stück Arbeit bedeutet. Dass es ein Geben und Nehmen sein sollte.

Ok, hört sich alles ganz schön negativ an, aber das soll es auf keinen Fall! Im Gegenteil. Wenn man für sich selbst akzeptiert, dass man trotz großer Liebe, eben genau wie im Job, Fehler machen kann. Fehler, die, wie leid sie einem auch tun, zwar nicht rückgängig zu machen, dafür aber nur zu menschlich sind.
Lange Rede, kurzer Sinn: Ich möchte meinen Kindern auf diesem Wege einfach mal dafür danken, dass durch unser gutes Verhältnis aus meinem "Job" als Mutter ein Traumjob geworden ist.

Liebe ist unbezahlbar!

Silvia (51)

Für...

Wenn die Verse nicht mehr funkeln;
das ew'ge Lied versiegt;
wenn die Farben lahm und stumpf sind,
so dass Schwere nichts mehr wiegt

und wenn die Nacht dem Tage gleicht,
wie Negativ zum Bild;
sich wankend Mut zur Waage schleicht,
ist's taumeltrunk'ne Welt.

Wenn die Säher flügge werden,
tritt Rauch hinaus zum Rausch.
Und wenn die Seher Trüge ernten,
vollendet sich der Tausch.

Sprich mir nicht in süßen Worten,
von dem, was einst da kommen mag,
von Glück - gezüchtet in Retorten -
das einst die Seele in sich barg.

Bitte schweig' in tausend Tönen
und sag', was du zu sagen hast.
Die goldene Stille wird mich höhnen, -
erdrückend federleichte Last.

Deute mir das Unsichtbare,
mit Fingern, zart wie Espenlaub,
erlüge mir das einzig Wahre,
aus dem diese Welt sich baut.

Tobias (25)

Feng Shui und die Liebe für jedes Alter
„Sage mir, wie du wohnst und ich sage dir, wer du bist"

Zum Thema Liebe gibt es vieles zu sagen. Für dies wundervolle Projekt ist sicherlich auch einiges zusammen gekommen. Zu dem Thema Liebe möchte ich aus meinem beruflichen Spektrum als Persönlichkeitsarchitektin ein paar Tipps an die Hand geben.

Kennen Sie Situationen, in denen Sie zu Freunden gehen und, obwohl sie nur kurz bleiben wollten, sitzen sie eine Stunde zusammen und verbringen eine schöne Zeit zusammen? Sie haben sich so sehr wohlgefühlt, dass sie gar nicht mehr gehen wollten. Zu diesem Gefühl tragen auch der Raum, seine Farbgebung, seine Materialien, das Licht und die Möbel bei. Eine Methode dies zu „erklären" ist Feng Shui.

Feng Shui – die asiatische Kunst der Raumgestaltung – verspricht die Sehnsucht nach Glück, Wohlgefühl und Klarheit zu erfüllen. Es ist eines meiner liebgewonnenen Werkzeuge, die ich zur persönlichen Weiterentwicklung Menschen an die Hand gebe. Völlig einfach gesagt beruht Feng Shui auf Beobachtung der Außenräume und darauf, diese mit den Stimmungen und dem Charakter des Menschen in Einklang zu bringen.

In vielen Beratungen ist der Wunsch nach einer funktionierenden Partnerschaft der Hauptgrund, warum Menschen den Blick von Außen beauftragen. Es geht um eine neue Partnerschaft oder um das Entfachen neuer Leidenschaft in der bestehenden Liebe oder auch nur um das Wiederfinden der Wertschätzung in der Beziehung.

Vorab gesagt: das perfekte Feng Shui Haus gibt es nicht. Das Leben bringt immer Wechsel und Veränderungen mit sich. Feng Shui ist als ein gesundes Fundament zu betrachten: Wenn ich mir bewusst bin, was meine Werte sind, kann sich dies in meinen Räumen spiegeln und umgekehrt.

Was so einfach klingt, ist ein komplexes und intensives Thema. Schreiben Sie doch mal spontan Ihre persönlichen Werte jetzt auf! Nehmen Sie sich 5 Minuten Zeit dafür. Haben sie eine Ahnung darüber, wie sie diese Werte in Ihren Räumen darstellen können? Oder denken sie jetzt vielleicht „Alles Firlefanz"?

Umgesetzt auf ihr Schlafzimmer gebe ich Ihnen nun gerne ein paar Anregungen, die ausgeruhtes Schlafen und auch ihr partnerschaftliches Leben unterstützen.

Der Themenbereich der Partnerschaft findet sich in der Himmelsrichtung Südwesten. Liegt hier ihr Schlafzimmer ist dies ideal. Ist Ihr Schlafraum in einer anderen Himmelsrichtung, dann schauen sie, wo in ihrem Zimmer der Südwesten ist. Die Südwest Ecke können sie in jedem Fall mit eigenen positiven Symbolen dekorieren, die zwei Personen, zwischenmenschliche Beziehungen und schöne partnerschaftliche Situationen darstellen. Sie können auch nur zwei Kerzen aufstellen. Wählen Sie Symbole, die für Sie persönlich Liebe und Partnerschaft darstellen. Es ist selbsterklärend, dass die Zahl 2 hierbei wichtig ist, denn Sie möchten ja nicht 1sam sein!

Betrachten Sie ihren Schlafraum beim Betreten, als wenn sie diesen das erste Mal sehen:

> Ist es leicht den Raum zu betreten oder müssen Sie erst um Schränke oder Deko-Objekte herum gehen?
> Ist der Raum voll mit Dingen und Möbeln oder gibt er Ihnen Raum?
> Was sehen Sie als Erstes?
> Was sehen Sie morgens beim Aufstehen als Erstes?
> Ist Ihr Schlafzimmer nur Schlafraum oder auch Büro oder gar Abstellkammer?

Sie können allein durch Klarheit und regelmäßiges Entrümpeln eine schönere Atmosphäre im Schlafraum gewinnen!

Das Wichtigste in diesem Raum ist natürlich ihr Bett. Es darf so platziert sein, dass sie den Raum und vor allem die Tür im Blick haben. So sehen Sie jederzeit, wer den Raum betritt, was Ihnen auch im Unterbewusstsein Ruhe gibt. Idealerweise haben Sie ein festes Kopfteil am Bett und feine Bettwäsche aus edler Seide oder unbehandelter Baumwolle. Das Bett sollte mit dem Kopfteil möglichst nicht vor einem Fenster stehen, hier kann Zugluft störend auf den Schlaf wirken. Stellen Sie Ihr Bett nicht unter einen Deckenbalken oder unter Regale, denn alles was über ihrem Kopf hängt, droht Ihnen auf den Kopf zu fallen.

In der Farbgebung ist auch im Feng Shui die Farbe Rot im Schlafzimmer oder die warmen erdigen Farben wie Ocker, Terrakotta gerne gesehen. Farbpsychologisch kann das „heiße" Rot auch ihr Liebesleben entfachen. Wenn Ihnen Rot zu viel ist, versuchen Sie es mal mit sanfteren Tönen wie Rose und Apricot. Intensive Farben können Sie vorsichtig in einzelnen, kleinen Farbflächen einsetzen, denn das Spiel der Farbenergien ist hier deutlicher und für einen Laien eher schrittweise sinnvoll zu probieren. In den Farben Lila, Bordeaux, Magenta, Himbeere und Altrosa finden Sie sowohl Herzenswärme als auch Liebe und Leidenschaft wieder, Sie kommen aber wahrscheinlich eher zur Ruhe als mit Rot.

Spiegel sind im Schlafzimmer bei manchen Feng Shui-Lehren rigoros verboten. Ich empfehle einen Spiegel in den Schrank hinein zu hängen, statt verspiegelte Außentüren zu haben. Nicht wegen der schlechten Energie, sondern wegen Ihrer Laune beim Start in den Tag. Stellen Sie sich vor: Sie schauen sich jeden Morgen dabei zu, wie Sie aus dem Bett krabbeln. Es besteht durchaus die Gefahr, dass Sie sich gleich die Bettdecke wieder über den Kopf ziehen möchten. Ein Spiegel im Schlafraum sollte so hängen, dass sie sich nicht vom Bett aus und nicht unmittelbar beim Aufstehen sehen.

Diese kurzen Tipps tragen dazu bei, dass sie bewusst ihren Raum für sinnliches Erleben gestalten können. Finden Sie Ihre persönlichen Werte fürs Wohlfühlen, fürs Entspannen, unabhängig von modischen Vorgaben. Wenn Feng Shui Ihnen hilft, Ihre Wünsche und Ihre Ziele zu unterstützen, dann lassen Sie sich vorurteilsfrei und neugierig darauf ein...so wie auf die Liebe!

Susanne (49)
www.susanne-theisen.com

„Liebe ist die stärkste Macht
der Welt, und doch ist sie die
demütigste, die man sich
vorstellen kann."

- Mahatma Gandhi -

Mutterliebe

Jammernd bewegte sich etwas neben mir. Ich wollte die Augen öffnen, aber sie weigerten sich. Klebten einfach zusammen. Mühsam zwang ich sie wenigstens einen Spalt auseinander. Mein jüngster Sohn lag neben mir. Fieberheiß glühte sein kleiner Körper und kalter Schweiß stand ihm auf der Stirn. Ich seufzte leise und drückte den roten Knopf, der wenige Augenblicke später die Schwester erscheinen ließ.

„Der Kleine fiebert wieder", brachte ich heraus.
Routiniert spulte die Schwester ihr Programm ab, das von lautem Gejammer begleitet wurde. Fieber messen, Zäpfchen geben.
„Den Schlafsack lassen sie besser weg, da staut sich die Hitze sonst", belehrte sie mich und rauschte wieder aus dem Zimmer.
Ich drückte meinen weinenden Sohn an mich, wir mussten beide erst einmal diese Demonstration von Effizienz zu nachtschlafender Zeit verdauen.

Zwei Stunden später wälzte der Kleine sich immer noch neben mir und fand keinen Schlaf, ich entsprechend auch nicht. Immer wieder fiel mein Blick auf das Gitterbett, das neben meinem Bett stand. Es schien mir verlockend zuzuzwinkern, bereit, einen ruhelosen Zwerg aufzunehmen. Aber ich hatte immer noch sein verzweifeltes Weinen im Ohr vom letzten Versuch. Mein Nachtschlaf gegen seinen Seelenfrieden, das schien die einfache Formel zu sein. Ich legte ihm eine Hand auf den Rücken und streichelte ihn sacht. Durch den Schlafanzug konnte ich die Fieberwärme spüren. Er hob den Kopf und schaute mich an. Wach sah sein Blick aus. *Ich leide, tu doch was dagegen!*, schien er mir zu sagen.
„Schlaf doch, Schnuckelbär", murmelte ich ihm zu. Patsch, landete seine kleine, heiße Hand auf meinem Mund. Der Zeigefinger bohrte sich zwischen meine Lippen und pulte in meinem Mund herum. Gleich morgen früh würde ich seine Fingernägel schneiden, nahm

ich mir vor. Jedenfalls wenn es ihm gut genug dafür ging. Meine Lippe brannte dort, wo seine scharfen Nägel die Haut berührt hatten. Zwei Stunden später hatte ich noch einmal Fieber gemessen, ihn eingekuschelt, gesungen, ermahnt, gestreichelt, ihn auf meinen Bauch gelegt, wieder neben mich gelegt, ihm die Socken ausgezogen, ihn einfach ignoriert und mich weggedreht, wieder zurückgedreht, noch mal gestreichelt, verzweifelte Stoßgebete zum Himmel geschickt.

Jetzt ist es genug. Vorsichtig aber bestimmt nahm ich den Kleinen auf den Arm und legte ihn in das Gitterbett. Eng umschlungen hielt ich ihn fest. Er protestierte nur kurz und schien sich dann in die neuen Umstände zu fügen. Vornübergebeugt stand ich und hielt seinen Körper wie in einem Nest aus Armen eingekuschelt. Tatsächlich dauerte es gar nicht lange, bis er sich auf der Matratze zu entspannen begann. Sein Atem wurde gleichmäßig und ich konnte förmlich spüren, wie er wegsackte und in den Schlaf hinüberglitt. Eine Weile stand ich noch so da und hielt ihn. Dann löste ich mich ganz langsam und vorsichtig, immer nur ein kleines Stückchen auf einmal, bis er schließlich ohne die schützende Hülle meiner Umarmung dalag und friedlich schlief. Jetzt noch ganz leise das Gitter hochschieben und mit einem tiefen Seufzer in mein Bett sacken. Geschafft!
Es war vier Uhr morgens, und mit einem Lächeln im Gesicht schlief ich endlich ein.

Juliane (38)
www.facebook.com/JulianeJAutorin

Das Liebes-Tattoo

Was bist du blöd… Mann, bist du bescheuert dir ihren Namen zu tätowieren… K-A-T-I, er musste wieder und wieder an sie denken. Ja, logo, welchen Sinn sollten die angeordneten Buchstaben auf seiner Haut sonst haben, wenn nicht Erinnerungen hoch zu kochen? Das Rattern der Nadeln…unermüdlich…schwarze Farbe, die sich mit dem austretenden Blut vermischt…an Schnitte mit Rasierklingen erinnernde Outlines…grobes Ausfüllen der Buchstabenkörper… kaltes Desinfektionsspray…Und immer wieder in die wunden, schmerzenden Stellen… Monotones Surren und dann wieder Ruhe… Anspannung, Zittern durch alle Glieder und dann wieder Entspannung…

Das war die besungene bitter-süße Symphonie, die ihm damals unter die Haut ging. Nun aber gingen ihm andere Geräusche, Gerüche, Schmerzen durch den Kopf. Jens erinnerte sich an ihren Duft und den ihrer Haare, wenn sie das Wochenende durchgetanzt hatte. Er sehnte die Küsse herbei, den Sex, die Freudensprünge, den Kniefall … Er beweinte die krummen und schiefen Zeilen, die er aus seinem Kopf gequetscht hatte, die späteren Songs, die roten Rosen - den ganzen Mist. Japp, er liebte den Scheiß. Selbst die nie warm gewordenen Biere, die verschwommenen und doppelten Schnäpse, die er sich wegen ihr reingekippt hatte - er liebte auch die. Ganz besonders liebte er die, kehrten sie doch sein Innerstes nach außen. Beschleunigten sie doch seine Charakterzüge, auch wenn diese hier und da entgleisten. Whatever. Romantik, das war nun auch ihm klar, funktionierte nur auf dem Papier, auf 8 mm Zelluloidrollen, in Popsongs.

Jens trauerte der Hoffnungslosigkeit hinterher. Dabei dachte Jens nur an die schönen Zeiten. Die forderten ihm bereits so viel Kummer ab. An die schrecklichen Dinge erinnerte er sich kaum. Er verdrängte es, *was* sie ihm und mit welcher Dringlichkeit sie *es* ihm gesagt hatte.

Wenn er zurückblickte, schien alles in pinkes Bonbonpapier gewickelt, so zuckersüß...nur zu viel des Guten verursachte Bauchschmerzen.

K-A-T-I, so etwas Schwachsinniges... Was hatte dich dazu gebracht? Sich ihren Namen zu tätowieren..? Und dann auch noch falsch! Sie hieß Kathi, sie wurde schon immer mit einem >>h<< geschrieben. Das hatte sie dir doch gesagt...

Ein weiteres Mal betrachtete Jens das unter Schmerzen entstandene Kunstwerk; er hatte sich aber auch eine passende Stelle dafür ausgesucht. Mehrmals am Tag, je nach Jahreszeit und Breitengrad, war Jens ihr falscher Name überaus präsent. Und je länger er sich Zeit nahm, um darauf zu starren, darüber nachzudenken warum so und wieso nicht anders, seinen eigenen Verstand in Frage zu stellen bis hin zur Überlegung es vom Unterarm entfernen zu lassen, umso aufdringlicher wurden die Schmerzen. Dann, wenn er nicht trank, nicht kiffte, nicht tanzte, nicht malte, keine Witze über den Schriftzug rekapitulierte, dann, wenn er zur Ruhe kam, bei sich war, dann also, wenn er versuchte einzuschlafen, auf gesunde, auf normale Weise einzuschlafen – gemeint war nicht der Schlaf, der Jens einsackte, weil er ihm den Knockout verpasste -, dann war das Tattoo ihr, Ka<u>th</u>is, zumindest phonetischer Name. Und Jens wäre glücklicher, müsste er ihn nicht lesen, ihn nicht in seinem Kopf summen.

Ein Foto, das man zerriss, Briefe, die man verbrannte, Erinnerungen, die man verdrängte, verbannte und in dunklen Pfützen Alkohol ertränkte, all das war mit dem Tattoo nicht möglich. An den vier Buchstaben hing ein Unterarm, ein menschlicher Körper und vor all dem lag doch noch ein ganzes Leben, oder? Andererseits diente ihm das Tattoo als zynische Eselsbrücke ihrer so wunderbar verkorksten Liebe. Kat(h)i und Jens? - Es passte nicht.

Marius (28)

86

Meine erste Liebe

Ich weiß gar nicht wo ich anfangen soll.

Ich habe meinen Mann in einem Lokal kennengelernt. Ich habe in der Küche gearbeitet und er war einer unserer Gäste. Eine Kellnerin kam zu mir und gab mir einen Liebesbrief. Der mir unbekannte Gast hatte ihn ihr zugesteckt. Sie sollte ihn mir geben und sagen, dass er mich nach Feierabend gerne kennenlernen möchte und deshalb auf mich wartet. Ich fragte sie, wer ihr den Brief gegeben hat, und bat sie mir den Mann zu zeigen. Als ich ihn sah, war ich im ersten Moment absolut nicht von ihm begeistert.

Da ich den Mann nicht kennenlernen wollte, bin ich nach Feierabend aus dem Fenster geklettert, um ihm aus dem Weg zu gehen. Das gelang solange, bis ich von der Seite des Lokals nach vorne zur Straße lief und er dort stand. Wir haben uns unterhalten. Er erzählte von sich, dass er gerade auf Montage wäre und mich gerne wiedertreffen würde. Es war urig. Wir haben uns getroffen. Er war immer noch nicht mein Typ, aber es hat mich gereizt, dass er durch und durch Kavalier war. Zum Beispiel hat er sich bei der Begrüßung immer vor mir verbeugt. Dieser Mann hatte einfach was. So kam es, dass wir uns noch ein paar Mal getroffen haben. Mit der Zeit haben wir uns besser kennengelernt und sind oft tanzen gegangen. Wir haben uns aber auch gestritten, wegen meiner lockeren Art und weil er es zwar gut fand, wenn ich mich hübsch machte, ich aber meine Nägel nicht lackieren sollte. Er war eher der einfache und feine Mann.

Ein Tanzabend ist mir besonders in Erinnerung. Ich hatte zwischenzeitlich das Interesse an dem Mann verloren. Dennoch gingen wir tanzen. Im Lokal hat eine Frau ihn immer angeschaut und deshalb sagte ich ihm, dass er doch mal mit ihr tanzen gehen solle. Kavalier wie er war, fragte er mich, ob er denn mit mir oder mit ihr hier sei.

Obwohl er nicht wollte, habe ich es trotzdem geschafft ihn zu über-
reden und war ihn vorerst los. Die beiden lernten sich kennen und
ich war abgeschrieben. Doch dann kam ich zur Besinnung. Welch ein
schlimmer Abend. Am Ende des Abends sagte er mir, dass ich es ja
so wollte, es selber in Schuld bin und ich solle mir mal überlegen,
was ich denn will. Den restlichen Abend habe ich die beiden durch
das Fenster beim Tanzen beobachtet und bemerkte, dass ich ohne
diesen Mann nicht weiterleben kann. Leider entdeckte er mich, kam
raus und stellte mich zur Rede. Obwohl ich ihm sagte, dass ich es
mir anders überlegt hätte, schickte er mich nach Hause. Doch die
Situation ließ mir keine Ruhe und so blieb ich und folgte den beiden, als sie später das Lokal verließen.

Nachdem die beiden sich verabschiedet hatten und er Heim gehen
wollte, habe ich ihn abgefangen. Ich jaulte ihm etwas vor, doch er
meinte, es wäre meine eigene Schuld, denn schließlich hätte ich alles
auf die Spitze getrieben. Doch so im Streit wollte ich nicht nach
Hause gehen und sagte, wenn wir uns nun nicht vertragen würden,
dann wäre das nächste Auto, das vorbeifährt, meins. Er besänftigte
mich, brachte mich heim und wir vertrugen uns wieder.

Wir fingen noch mal neu an, vergaßen die Ereignisse und trafen uns
wieder regelmäßig zum Tanzen. Klar hatten wir nicht nur gute
Zeiten. Auch meine Verwandtschaft war gegen unsere Beziehung
und wollte mich von ihm fernhalten. Doch er hat um mich gekämpft.
Er kam immer und immer wieder und hat mich nicht in Ruhe ge-
lassen. Das hat scheinbar gefruchtet, denn einige Zeit später standen
wir auch schon kurz vor unserer Hochzeit. Wir hatten schon das
Aufgebot in der Kirche bestellt, die Hochzeit war geplant und dennoch haben wir nicht geheiratet. Die Verwandtschaft hat sich erneut
quergestellt und so platzte die Hochzeit. Sie fanden, er sei nicht der
Richtige und hielten ihn erneut auf Abstand. Wenn er kam, sagten
sie entweder, ich sei nicht da oder er bräuchte es eh nicht versuchen,
da er keine Chance hätte.

Doch mir war das alles egal. Ohne der buckligen Verwandtschaft was davon zu erzählen, haben wir dennoch beschlossen zu heiraten. Ich wohnte mittlerweile bei einer Familie, bei der ich Anschluss fand. Gegenüber vom Haus war die Kirche, in der ich meinem Mann das Ja-Wort geben sollte. Mit einem von meiner Tante geliehenen Brautkleid und nur mit den Trauzeugen haben wir schlussendlich doch geheiratet. Wir waren überglücklich.

Sechs Jahre nach unserer Hochzeit wurde ich schwanger und wir bekamen unsere Tochter. Sie stärkte unseren Bund der Ehe nochmal. Nun fehlte nur noch das Eigenheim. Mein Mann hat Wertpapiere gekauft, Geld zur Seite gelegt und uns damit ein Grundstück gekauft. Jedoch musste das Grundstück erst 5 Jahre brach liegen, bevor wir es bebauen konnten. Doch nachdem die 5 Jahre rum waren, konnte der Hausbau beginnen. Jedes Wochenende ist mein Mann zwei Stunden zu unserem zukünftigen Wohnort gefahren und hat unser Haus eigenständig gebaut. Freunde und Bekannte haben ihn tatkräftig mit Arbeit und Verpflegung unterstützt. Eine wirklich grandiose Gemeinschaft. Sowas gibt es heute nicht mehr. Doch Dank all der Unterstützung und tüchtiger Arbeit konnten wir zwei Jahre später dann in unser Eigenheim einziehen. Es war wirklich schön.

Und trotz aller Widerstände und anfänglichen Schwierigkeiten waren wir dann 50 Jahre verheiratet. In guten wie in schlechten Zeiten. In Gesundheit und Krankheit. Und das, bis dass der Tod uns schied.

Ich war seine erste große Liebe und er war meine.

Helga (79)

Das „Heile-Welt-Szenario":

„Wie wäre die Welt, wenn die Menschen
sich von Liebe leiten lassen würden?"

Wenn die Menschen sich von Liebe leiten lassen würden,

würde ich auf die Frage : „Oh, hallo! Wie geht`s denn so?" ehrlich antworten.

würde ich schon beim Frühstück fragen, für wen ich heute etwas Gutes tun könnte.

würde ich mich zu dem Menschen setzen, den ich traurig auf einer Bank sitzen sehe.

würde ich jeden Tag jemandem sagen, dass ich ihn liebe.

würde ich mir mehr Zeit für meinen Hund nehmen.

würde ich mich in den Wald setzen und abwarten, ob die Pflanzen mir etwas zu sagen haben.

würde ich jedem frei erzählen, dass ich glaube, man kann mit Tieren sprechen.

wären Kinder wieder willkommen.

würde kein Kind mehr geschlagen werden.

dürfte jeder im Tempo der eigenen Entwicklung reifen.

hätte ich keine Angst mehr.

würde jeder dem anderen zugestehen, selbstbestimmt zu leben.

gäbe es keine Manipulationen untereinander.

würde einer den anderen unterstützen, seine Lebensaufgabe zu finden.

gäbe es keine Kriege.

wären alle Menschen glücklicher.

wüsste ich, dass jeder immer sein Bestes gibt.

wäre es leicht zu akzeptieren, wenn einer gerade nur wenig geben kann.

könnte ich schwere Zeiten besser durchhalten.

hätten alle viel mehr Geduld.

fiele mir das Sterben leichter.

hätten die Menschen Respekt vor einander.

hätte jeder Achtung vor der gesamten Schöpfung.

würde unser Planet nicht mutwillig ausgebeutet.

wäre Gewalt kein Weg mehr.

würde ich viel öfter riskieren, Fehler zu machen.

könnte ich schwierige Dinge leichter tun.

würde ich weder mein Haus noch mein Auto abschließen.

würde keiner über den anderen tratschen.

würde ich jeden Tag viel früher aufstehen.

würde keiner Anstoß nehmen, wenn ich barfuß einkaufen gehe.

würde ich öfter teilen.

könnte ich besser schlafen.

würde ich mehr Menschen umarmen.

dürfte ich die Wahrheit auch sagen, wenn sie unangenehm ist.

fiele es viel leichter, sich zu entschuldigen.

gäbe es andere Fernsehprogramme.

könnte ich mich auf ein Wort verlassen.

gäbe es keinen Betrug.

würden alte und kranke Menschen wieder unter uns leben.

kämen mir leichter verrückte Ideen.

Zur beliebigen Fortsetzung!

Anke (49)

Die Welt wäre sicherer,

vor allem für die schwächsten der Gesellschaft, also Kinder und Tiere. Es gäbe eine gerechtere Aufteilung des Reichtums. Schließlich wäre genug für alle da und alle Menschen wären bereit, in Liebe auch zu verzichten, wenn damit anderen Wesen geholfen wird. Es gäbe viel mehr Lachen und Freude. Man stelle sich das vor, ein Supermarkt, in dem die Kassiererin von Herzen lächelt, sich freut, sich von Liebe leiten lässt – könnte nicht alleine diese Kassiererin schon vieles verbessern, selbst wenn der Rest der Welt nicht von Liebe geleitet wäre?

Es gäbe viel mehr Gekicher auf der Welt, da bin ich sicher. Es wäre einfach ein paradiesischer Ort. Unsere Welt hätte alle Möglichkeiten dazu, wirklich ein Paradies für alle zu werden, wenn sich auf einmal alle Menschen von Liebe leiten lassen würden.

Es gäbe keine Kriege mehr, keine Hungersnöte. Und auch im Kleinen wäre es doch so schön: Dem Nachbarn wird geholfen, die Altenheime werden zu Mehrgenerationshäusern umgewandelt, junge Menschen können dort genauso leben wie Familien oder eben alte Menschen, man hilft sich wieder gegenseitig, man bildet wieder Großfamilien, die ja gar nicht blutsverwandt sein müssen.

Ich glaube, eine Welt voller Liebe würde den Menschen viel eher entsprechen. Wessen Herzenswunsch ist es schon, andere im Krieg zu töten? Wessen schönste Idee ist es, im Alter allein und einsam zu sein? Wer möchte schon mit zwei kleinen Kindern gestresst zu Hause sein ohne Hilfe? Wer hat schon Lust, durch eine Umwelt voller Müll zu laufen?

Ich denke, die meisten Menschen würden lieber in Liebe leben als in einer Welt voller Hass, voller Gewalt und Angst, wie wir es jetzt erleben. Nur gab es bisher wenig andere Ideen, wie es aussehen kann, eine Welt voller Liebe. Aber immer mehr Menschen machen sich darüber Gedanken, handeln vermehrt aus Liebe, begegnen sich selbst und allen anderen mit Liebe. Und Liebe wirkt so ansteckend, dass es sicher noch Hoffnung gibt, dass irgendwann die ganze Welt in Liebe lebt. Für mich wäre das einfach paradiesisch!

Marina (31)

Grandios!

Eine Welt voller Liebe? Das wäre grandios. Wenn die Menschen sich von der Liebe leiten lassen würden, würde es eine Vielzahl von Problemen und Konflikten wahrscheinlich nicht mehr geben. Eine liebevollere Welt wäre gönnerhaft. Die Menschen würden sich gegenseitig mehr unterstützen in der Erreichung ihrer Ziele, anstatt sich missgünstig jedes bisschen Erfolg und Glück streitig zu machen. Neid würde es nicht mehr geben, denn man gönnt seinem Nächsten nur das Beste. Der Spruch „Liebe deinen Nächsten, wie dich selbst" wäre dann an der Tagesordnung.

Eine Welt, in der Menschen sich von Liebe leiten lassen, wäre eine geduldige Welt. Man würde mehr Verständnis für die Mitmenschen aufbringen, statt bei Kleinigkeiten auszuflippen. Die Menschen würden sich gegenseitig mehr Freiraum zum Entwickeln lassen, statt sich gegenseitig fertig zu machen und emotional zu verletzen. Beziehungen und Ehen würden nicht mehr schon nach kurzer Zeit auseinander gehen, sondern man würde die „Fehler des anderen" als liebenswert und Eigenart ansehen. Man würde gemeinsam mehr kommunizieren und versuchen Lösungen zu finden, statt die Probleme in endlosen Diskussionen breit zu treten.

Eine Welt voller Liebe wäre eine friedliche Welt. Warum sollte man Krieg führen und andere Länder besetzen, wenn man sich voll und ganz bewusst wäre, dass man die anderen damit verletzt? Nächstenliebe wäre der leitende Grundsatz. Es würde weder arme noch reiche Länder geben, sondern nur die Welt als solches. Ressourcen würden ohne Gier und Neid ge- und verteilt. Die Wohlstandsprobleme und Existenzängste könnten verschwinden, weil man weiß, dass bei Problemen die anderen Länder helfen würden

Eine Welt voller Liebe wäre eine Welt voller glücklicher Menschen, die ihr Potential leben. Die Menschen würden sich nicht den missgünstigen Zwängen der Gesellschaft beugen. Sie würden sich von ihrem Herzen leiten lassen und erkennen, was ihre Herzensaufgabe in der Welt ist. Da jeder in seiner Herzensaufgabe aufgehen würde, wäre eine Flut von Selbstwert, Zufriedenheit und Positivität nicht mehr aufzuhalten.

Eine Welt voller Liebe wäre eine Welt ohne Status. Es gäbe weder arm noch reich. Keine Oberschicht oder Unterschicht. Die Menschen würden brüderlich teilen und sich näher kommen. Man würde wundervolle Menschen kennenlernen, die einem durch imaginär auferlegte „Kontaktsperren" sonst verborgen blieben. Synergien könnten entstehen, von denen man nie etwas geahnt hat. Die Menschen könnten offen aufeinander zugehen und sich gegenseitig unterstützen ohne Angst vor gesellschaftlicher Verbannung. Statt „oben" und „unten" gäbe es „dich" und „mich". Eine Wertschätzung füreinander und das Göttliche und Wunderbare in jedem.

Eine Welt voller Liebe wäre eine konsumbewusstere Welt. Die Menschen bräuchten nicht mehr unnötige Dinge, um sich „auf zu werten" und besser zu fühlen. Die Sorgen um die Gefühle der Tiere und die natürlichen Ressourcen der Welt wären selbstverständlich. Wahrscheinlich würde es sogar mehr Vegetarier und Veganer in der Welt geben, da die Menschen endlich begreifen, dass Tiere genau so fühlen wie Menschen. Und Tiere bauen auch Familien auf. Sie lieben und leben. In einer Welt voller Liebe würden wir die Tiere als andere Kultur ansehen, statt als Nahrung.

Eine Welt voller Liebe wäre eine wundervolle Welt. Eine harmonische Welt. Eine einheitliche Welt. Keine Grenzen, keine Ausbeutung, kein Schmerz. Ein hohes Ziel, für das es sich zu leben lohnt. Und dann schaltet sich der Kopf ein und sagt „ja". Doch gleichzeitig denkt er „aber das wird es nie geben" oder „dafür müsste sich viel verändern". Sicher. Doch was hält uns auf? Fangen wir doch im Kleinen an. Jeder Einzelne kann mit seinen Handlungen der kleine

Stein sein, der im Meer eine Welle schlägt. Und andere Steine werden folgen. Und gemeinsam würde man so eine große Welle, einen Tsunami, erzeugen, der die Inseln der Ungerechtigkeit, der Missgunst, Hass und Schmerzen überrollt und Liebe an ihre Stelle setzt. Jeder Einzelne kann dafür sorgen, dass diese Vision wahr wird.

Sei die Veränderung, die Du in der Welt erfahren möchtest!

Alexander (26)

Eine Welt ohne Krieg

In einer Welt, in der Liebe das wichtigste Gefühl ist, würde es keinen Krieg mehr geben. Die Leute würden sich gegenseitig lieben und deshalb den anderen nicht hassen. Sie würden nicht die Sachen der anderen haben wollen, da sie es ihnen vergönnen könnten.

Nachbarn und Fremde würden sich gegenseitig mehr helfen und unterstützen. Sie könnten nicht an einem leidenden Gesicht vorbeigehen, ohne Hilfe anzubieten. Außerdem würden sie lieber miteinander spielen, als alleine zu sein. Durch die Liebe würden die Leute die Gemeinschaft anderer suchen.

Eltern und Lehrer würden nicht so viel mit den Kindern schreien müssen. Sie würden ruhig und liebevoll versuchen zu erklären. Wir könnten mehr miteinander kuscheln und knuddeln. Es wäre kein Problem, wenn man sich aneinander schmiegt.

Alle Menschen würden mehr Verständnis für einander haben. Niemand wäre dann ausgegrenzt.

Andreas (12)

Eine Welt ohne Hass

...wenn die Menschen sich von Liebe leiten lassen würden?

Dies ist eine sehr schwere Frage! Hass ist der Gegenpart der Liebe und beide stehen in sehr enger Verbindung. Ohne das eine Gefühl gibt es das andere auch nicht...

Was können wir tun, um in Liebe und Frieden miteinander zu leben? Wir sollten aufhören Krieg zu führen, um dadurch Frieden erzwingen zu wollen. Wir sollten aufhören Tiere zu quälen oder sie zu töten, nur um „Delikatessen" daraus zu machen. Wir sollten aufhören Familienangehörige zu verletzen oder gar zu ermorden, nur weil sie der Familie „Schande" bereitet haben.

Ich denke, die Welt wird nie komplett ohne Hass und Krieg sein, aber sie wäre bestimmt ein besserer Ort, wenn die Menschen auf ihr Herz hören und sich von der Liebe leiten lassen. Jeder von uns kann ein kleines Stück dazu beitragen, um aus unserer Welt eine bessere, schönere und liebevollere Welt zu machen. Man muss nur bei sich selber anfangen, also lass die Liebe in Dein Herz und teile sie mit anderen...

Alexandra (29)

Viel besser

Wenn es in der Welt mehr Liebe geben würde, wäre so Vieles besser:

Es gäbe mehr Nächstenliebe und Hilfsbereitschaft,
  Achtung und Dankbarkeit, Freundschaft und Treue,
  Güte und Gnade,
  ein einfacheres Leben und auch mal Verzicht,
  weniger Lügen und Intrigen,
  weniger Kälte, Zank, Streit, Leid und Schmerz,
  weniger Missbrauch, auch den sexuellen Missbrauch,
  weniger Mobbing, Gier, Neid und Eifersucht,
  weniger Diebstahl, Überfälle und Morde,
  weniger Tierquälerei und Schlachthöfe und
  dadurch auch weniger Kriege, denn solange der Mensch
  Tiere quält, sie schlachtet und ermordet, wird er an
  Menschen das Gleiche ohne Scham tun!
Es gäbe mehr Sicherheit, Geborgenheit, Wärme, Lob und Freunde,
es gäbe mehr Naturschutz, die Erde würde nicht mehr so
  ausgeplündert werden, trotzdem wäre genug für alle
  da, die Erde könnte sich erholen und gesunden.

Und wenn es nur Liebe geben würde in dieser Welt?
Dann würde sich über der Erde der Himmel öffnen, und wir wären
wie im Paradies und Menschen und Tiere würden friedlich
nebeneinander leben und alle wären Vegetarier/Veganer!!!

In Liebe
Anurag Tarani (Seniorin)

Ganz anders

Ich denke, dass die Welt ganz anders aussehen würde als bisher. Ich denke auch, dass man dafür klein anfangen muss in kleinem Kreise. Denke hier an deine Familie und Freunde. Auch denke ich, dass man vorerst Liebe nicht einfach so gibt oder empfängt, da sich manifestiert hat, dass man sich diese „verdienen" muss.

Und eigentlich müsste es ganz anders sein. Es müsste von Natur aus herauskommen und an unsere Mitmenschen überbracht werden. Aber Liebe wird leider zu oft missbraucht, selbst im eigenen kleinen Kreis. Ich glaube, dass hierdurch Argwohn und Misstrauen entstehen und es damit manchmal schwer wird Liebe zu geben oder zu empfangen. Natürlich beginnt alles bei einem selbst, wie man selbst mit Menschen umgeht, und wie und wann gibst du Liebe und was passiert in dir, wenn du keine Liebe zurück bekommst. Wirst du dadurch auch misstrauisch oder manchmal sogar ängstlich, weil du denkst, es liegt an dir. Oder denkst du, dass dich nie eine Schuld trifft und es immer nur an den anderen liegt.

Meine Ansicht ist auch, dass es eine Ideologie schöpft, denn wo kein Hass herrscht, gibt es auch keine Kriege und werden Menschen nicht unterdrückt. Wir würden in einer Welt voller Frieden leben und jede Form von „Rasse" oder Religion oder Lebensform akzeptieren. Aber ich denke, dies ist und bleibt ein Traumbild. Es lässt sich im wirklichen Leben nicht realisieren. Es wird immer Menschen geben, die für ihr eigenes Idealbild alles in Bewegung setzen, um dieses zu verwirklichen. Ohne Rücksichtnahme auf Mitmenschen und deren eigenes Ideal. Vorbilder für diese Art von Menschen sieht man täglich in den Nachrichten. Und wenn einer von ihnen gestürzt wird, da steht ein anderer bereit, um seinen Platz ein zu nehmen.

Deshalb denke ich, dass es wichtiger ist, zuerst bei sich selbst und seiner eigenen Umgebung an zu fangen. Du gibst deinem Partner

Liebe, deinen Kindern und weiteren Familienmitgliedern. Von hier aus baust du dir dann deine eigene Welt aus Wärme und Zuneigung auf. Diese Welt baust du weiter auf mit Freunden, die du selbst gewählt hast. Freunde von denen du weißt, dass diese die Liebe weiter ausbauen zu ihren Liebsten. Dennoch muss man Fremde mit einem offenen Geist anschauen und nicht direkt mit einem Vorurteil bereitstehen. Anderen zuhören und lernen, dass andere halt eine andere Ansicht haben als man selbst.

Liebe ist eine starke Sache, von der man überwältigt oder umarmt werden kann. Ich denke, dass jeder Mensch Liebe in seinem Leben zum Überleben braucht. Es hilft einem sich in schweren Zeiten zu stärken, und um sich in seinem Leben wertgeschätzt zu fühlen.

Herma (44)

Die Antwort eines kleinen Mannes auf eine große Frage

„Wie wäre die Welt, wenn die Menschen sich von Liebe leiten lassen würden?"

Das wäre schön und toll und dann gibt es keinen Krieg, wenn sich alle verstehen.

Paul (8)

„Die Liebe und das Mitgefühl
sind die Grundlagen für den
Weltfrieden – auf allen Ebenen."

- Dalai Lama –

Offener für alles

Ich denke, wenn Menschen sich von Liebe leiten lassen würden, dass viele Leute bei manchen wichtigen Dingen anders handeln würden. Ich würde mir wünschen, dass das Denken über Liebe zwischen unterschiedlichen Nationen oder Religionen anders wäre. Das gerade die älteren Generationen akzeptieren würden, dass es in Ordnung ist, wenn sich Menschen aus unterschiedlichen Religionen lieben und vielleicht sogar mal heiraten wollen. Es ist heute alles möglich und ich finde, viele Menschen sind immer noch viel zu misstrauisch gegenüber Menschen mit einem anderen Migrationshintergrund. Obwohl alle Menschen gleich sind und sich jeder Mensch lieben darf, egal wo er her kommt oder welche Religion er hat.

Dazu glaube ich noch, dass es nicht mehr so viel Hass und Kriege auf der Welt geben würde, da ja dann alle Menschen mit mehr Herz handeln würden und mit mehr Liebe zu ihren Mitmenschen.

Zusammenfassend glaube ich einfach, dass im Großen und Ganzen die Welt einfach insgesamt eine bessere wäre. Da ja auch das Verhältnis untereinander, zwischen allen Menschen, besser wäre, als so wie es jetzt ist. Und so wie es jetzt ist, ist die Situation in unserer Welt noch stark verbesserbar und ich glaube, man sollte einfach öfter mal auf sein Herz hören und sich von der Liebe leiten lassen.

Louisa (16)

„Verbotene Liebe?" – Glotze aus und selber knutschen

Was wäre das Vorabendprogramm im Fernsehen ohne die schier unendliche Themenvielfalt rund um die fiktionale Liebe? Die von Hollywood ohnehin schon völlig banalisierten Fantasiebeziehungen und Drama-Dates und dieses maßlos überzogene Dauerhoch angeblich unsterblicher Liebe, das in romantischen Liebeskomödien mit Sandra Bullock und Julia Roberts jede real-amoureuse Begegnung lächerlich erscheinen lässt, verliert in den unzähligen Seifenopern und Dokusoaps der deutschen Fernsehlandschaft jeden Rest an Tiefgang. Da sitzt man einfach rum, guckt in diesen Kasten und wünscht sich, auch so geliebt zu werden, wie der oberflächliche Muskel-Mark oder die hirnamputierte Busen-Bianca.

Ich sage: Schluss mit den Drehbuch-Affären! Macht die scheiß Kiste aus und entdeckt die Liebe, da wo sie ist! Im wahren Leben. Dort also, wo das Fernsehen uns am wenigsten haben will. Schließlich ist es nicht so, als würde uns die Welt zu wenig Liebe bieten. Vielmehr scheint mir, dass unsere „Verliebt-in-Berlin"-gematerten Hirne sie einfach über-sehen.

Liebe ist ein immerwährender Zustand, der uns als Individuum mit den komplexen Systemen unserer Umwelt verbindet. Sie flackert auf an der Supermarktkasse, wenn ich der Kassiererin aus vollem Herzen einen schönen Tag wünsche, wenn der gutaussehende Nachbar endlich auf den Kaffee vorbeikommt oder wenn ich auf Reisen wildfremden Menschen begegne und einfach eine Woche Zeit mit ihnen verbringe. Mit diesem sinnentleerten „Unter-uns"-Mikrokosmos hat das alles aber auch GAR nichts zu tun; dort, wo diese beinahe schon inzestuösen Beziehungen zwischen den immergleichen Gel-Prototypen sich vor lauter Einfallslosigkeit faktisch selbst zerstören. Liebe ist Entdeckungsgeist und kein passives Vorsich-hin-vegetieren. Liebe bedeutet, sich offen zu halten. Chancen wahrzunehmen. Sich bewusst sein über seine eigenen Gefühle, Erfahrungen und Wünsche. Während die vorgegaukelte Liebe im Fernsehen und Unterhaltungskino Neid und Selbstzweifel in uns wach werden lässt und dies unter dem RTL-Deckmantel redundanter 0-8-15-Faseleien nicht einmal ins Bewusstsein vordringt, erfüllt uns die eigene, die wahre *Lebens*-Liebe mit Freundschaft, Dankbarkeit und Weltgewandtheit. Sie ist die Kraft, die uns unser eigenes Universum konstruieren lässt und andere Menschen dort einbezieht. Wegen ihr wachsen wir über uns hinaus. Sie verleiht dem Alltag jene Würze, die ihn lebenswert macht und auf Abenteuern verwandelt sie unsere Angst vor dem Neuen in Begeisterung.

Ich weigere mich über die Liebe im Konjunktiv zu reden - gerade so, als sei ihre Zukunft ungewiss. Dummerweise (und dummerweise ist hier im wort-wörtlichsten Sinn zu verstehen) liegt sie verborgen unter dem Elektrosmog des Vorabendprogramms und den großen Rosamunde-Pilcher-Abenden im ZDF. Für einen liebenden Menschen ist das nicht hinnehmbar. Jeder kurze Flirt im Café, jede freundschaftliche Geste oder jeder spontane One-Night-Stand auf dem schäbigen Klo irgendeines Technoschuppens ist dem unerträglichen Irrsinn der Seifenopernhölle vorzuziehen. Es ist davon auszugehen, dass jemand, der logistische Höchstleistungen vollbringt und seine ganze Woche um die Sendezeit von „Gute Zeiten, Schlechte Zeiten" herumplant, rein theoretisch auch dazu in der Lage sein müsste, diese verschwendete Energie sinnvoll zu nutzen. Dieselben Finger, die jene High-Definition-Horrormaschine anmachen, können auch verwendet werden, um sie wieder auszuschalten - oder direkt vom Wohnzimmerpodest zu hauen. Diese Hand könnte schon bald in der Hand eines anderen Menschen liegen, könnte die Hose einer real existierenden Person aufknöpfen und Lust erzeugen. Die Einkäufe der gebrechlichen Nachbarin könnten in ihre Wohnung getragen werden, ohne den Sozialdienst zu involvieren. Der Abend könnte genutzt werden, um sich endlich mal in der Nachbarschaftsinitiative gegen Mietpreiserhöhungen zu engagieren. Anstatt sich Pizza zu bestellen, ruft man Freunde an und geht in das neue Restaurant am anderen Ende der Stadt. Irgendwo im Gehirn wird eine Information darüber abgespeichert sein, wo man sich ein kaltes

Bier kaufen und von wo man die schönsten Sonnenuntergänge beobachten kann. Diese Information sollte abgerufen und mit einer entsprechenden Handlung verknüpft werden.

Lang genug haben Hollywood und das Fernsehen uns all diese Momente gestohlen, um sie in einer Flut aus überzeichneten Bildern ihrer Einzigartigkeit zu berauben. Also, Kiste aus, selber knutschen und sich daran erinnern, dass jeder Moment vor dem Bildschirm uns weiter vom Leben und damit von der Liebe entfernt. Alles ist da - wartet darauf, entdeckt und neuerschaffen zu werden. Das Fernsehen hasst Euch - das Leben liebt Euch.

Florian (33)
www.eudyssee.net

Wie soll ich das beschreiben?

Liebe kann verrückt sein, kompliziert, vielleicht manchmal peinlich. Sie kann nerven, wenn man jemanden liebt, den man eigentlich hassen müsste, weil er einen so verletzt hat oder ausnutzt.

Für gewöhnlich liebt man seine Eltern und seine Verwandten, mit einer anderen Liebe liebt man auch seine Freunde/Freundinnen. Seine Eltern liebt man, weil sie alles für einen tun, weil sie einen auch lieb haben und weil man sie einfach gerne mag. Vielleicht auch einfach, weil sie die Eltern sind. Die Freunde liebt man mit einer freundschaftlichen Liebe. Man hilft einander, wenn einer Probleme hat, man verbringt gern Zeit mit seinen Freunden, man mag sich. Auch streiten gehört mal dazu, trotzdem mag man sich. Man muss lernen, den anderen zu verstehen und so zu akzeptieren, wie er ist.

Liebe hatte damals wie heute eine große Bedeutung, denn es gibt sogar einen Gott für sie, nämlich Amor. Er ist für das Verliebt-sein zuständig. Dazu schießt er Pfeile auf Menschen, diese verlieben sich dann sofort in den ersten Menschen, den sie sehen. Aber daran glaube ich eigentlich nicht. Trotzdem sollte man sich nicht immer von dieser Verliebt-Liebe leiten lassen. Dann müsste man sich ständig entscheiden: Wenn man einen Freund hat, sich aber in jemand anderen verliebt, muss man entscheiden, ob man sich von seinem Freund trennt, oder nicht. Oder man entscheidet nicht, sondern macht einfach jedes Mal Schluss, wenn man sich in jemand anderen verliebt. Es würde ein totales Chaos herrschen! Es gibt ja oftmals beispielsweise einen Klassenschwarm, und wenn sich alle von der Liebe zu demjenigen leiten ließen...

Wenn sich alle von einer freundschaftlichen Liebe leiten lassen würden, wäre eine größere Beständigkeit da. Aber wenn man sich richtig streitet mit seinem Freund und die Freundschaftsliebe kaputt geht, ist die Freundschaft für immer verloren.

Die Eltern kann man sich anders als die Freunde allerdings nicht aussuchen. Was würde passieren, wenn man seine Eltern nicht mehr liebt? Man würde sie wahrscheinlich nicht mehr als die Eltern akzeptieren, vielleicht sogar weglaufen. Aber die eigenen Eltern sind sie trotzdem, daran wird sich auch nie etwas ändern. Ich glaube auch, dass man es noch mal versuchen könnte, wenn man sich nicht von Liebe leiten lassen würde, denn die Liebe würde dann ja strikt NEIN sagen und einen neuen Versuch ablehnen.

Man kann auch Gegenstände lieben. Manchmal muss man sich aber auch von solchen Gegenständen trennen. Wenn man sich hier von Liebe leiten lässt, hat man sich irgendwann zugemüllt. Auch das würde ein totales Chaos geben.

Kim (12)

Die Welt wäre etwas leichter,

mit weniger Gewalt und mehr Verständnis untereinander.

Ich kenne keinen Menschen, der von sich behaupten kann, alles mit Liebe zu betrachten und nur so zu handeln. Es ist unrealistisch durch die Welt zu schweben „mit lalala alles ist schön". Ich würde auch einen wichtigen Teil meiner Persönlichkeit verleugnen. Die Seite auch Zorn, Wut, Enttäuschung und weitere solcher negativen Gefühle zu haben.

Trotzdem verbinde ich durchaus auch solch negative Gefühle mit Liebe oder mich von Liebe leiten zu lassen.

Wenn ich Grenzen setze, hat das mit Selbstliebe zu tun, die gefordert ist. Dadurch nehme ich in Kauf als blöd, stur und unbequem da zu stehen. Ich weiß aber auch, dass ich meinem Gegenüber einen „Liebesdienst" erweise indem ich Struktur biete, ein Stop aufzeige, um der Person dadurch die Chance zu geben über ihr Handeln nach zu denken.

Dass auf Seelenebene Absprachen gemacht wurden, ist mir klar. Mein Gegenpart hat sehr oft - aus Liebe zu mir - einen schwierigen Part übernommen. Nur......in einer solchen Situation habe ich nicht gleich das Verständnis dafür.
Im günstigsten Fall kann ich ziemlich schnell, neutral aus einer Beobachterposition heraus, die Situation anders betrachten und annehmen. Auch in Dankbarkeit.
Im ungünstigsten Fall klappt das so gut wie nie.

Ich musste/durfte zwei Mal in meinem jetzigen Leben Situationen erleben, die das Schlimmste waren was ich mir habe vorstellen können. Das Risiko ohne alles da zu stehen, ohne Arbeit, ohne Geld, ohne Vermögen.

Beide Male konnte ich - Gott sei Dank! - nach einigen Monaten sagen „das war das Beste, das mir hat passieren können" zu diesem Zeitpunkt. Dazu war ich erst fähig, nachdem die Ereignisse sich weiter gestaltet und ich Entscheidungen getroffen hatte, die dadurch beeinflusst waren.

In der Situation hätte ich das Ereignis aber nie und nimmer mit den Augen der Liebe anschauen können.

Mein Fazit ist: Wir können erreichen, mehr Leichtigkeit und Verständnis untereinander zu schaffen, je schneller wir aus der Getroffenheit/Betroffenheit heraus kommen können und ergründen, was genau dieses negative Gefühl verursacht hat. Oft hat dies mit dem aktuellen Ereignis nichts zu tun. Es werden alte Kamellen präsentiert, die endlich weg wollen, vielleicht nur neu verpackt. Befreien wir sie von den Verpackungen und lösen die Kamelle auf.

Dies ist ein sehr unbequemer Weg, aber ein lohnender.

Und als Abschluss noch ein Gedanke von mir:

Wenn JEDE Person erst einmal bei sich aufräumt, den eigenen „Müll" entsorgt, bei sich Klarheit schafft und mit Freude seinem Beruf, der im Idealfall auch Berufung ist, nachgeht, wäre keine Zeit mehr für Zoff im Außen.

Christa (65)
www.Heilpraktikerin-Leukhardt.de

Schön

…die Welt wäre schön und vielleicht könnten wir sogar damit diesen blauen Planeten retten, wenn wir uns von Liebe und nicht von Habgier, Neid oder Hass leiten lassen würden.

Viele Buddhisten versuchen es und schaffen es sogar. Liebe Deinen Nächsten. Warum nicht? Was soll daran falsch sein? Warum sollten wir nicht darauf vertrauen, dass Verständnis und Beistand eine bessere Welt schaffen?

Wenn ich unsere Welt, die Tiere und die Menschen respektiere und wir uns gegenseitig bedingungslos helfen, dann könnten wir sogar die Balance erreichen, die uns glücklich und ausgeglichen macht.

Somit ist meine Antwort auf die Frage „Wie wäre die Welt, wenn die Menschen sich von Liebe leiten lassen würden", die folgende:

Wir würden endlich einen Zustand des Gleichgewichts erreichen.

Tessa Christ (44)

Umstritten

>>Lass dich von Liebe leiten<<, empfahl ihr Jens. Er behauptete: >>Die Welt wäre ein besserer Ort, würden sich alle Menschen von Liebe leiten lassen. Ausnahmslos.<< Voller Hoffnung wählte und betonte Jens seine Worte, durch und durch Idealist.

Kathi dagegen hätte sich am liebsten selbst vollgekotzt. Ach du Kacke, dachte sie, so eine Hippiescheiße. Was war los mit ihm? Hatte er neuerdings ein Drogenproblem? War er mal wieder sentimental-besoffen? Irgendwo vor gerannt..? Kathi konnte sich grade so zurückhalten, um Zeige- und Mittelfinger nicht tief in ihren Hals zu schieben. Stattdessen presste sie eine Zigarette zwischen die Lippen. Eine Angewohnheit, die sie nicht ablegen konnte.

Blauer Dunst schwebte um ihren Kopf, als sie die Zigarette zwischen ihren Fingern genauer ansah. Sie und Jens führten ein weiteres *endgültiges* Trennungsgespräch. Kathi musste ihre Nerven beruhigen. Manche sprachen von Abhängigkeit, sie selbst hielt dagegen, sie liebe lediglich den Geschmack und die Gesten beim Rauchen, den Kick, wenn Gefäße sich verengen, wenn Glückhormone ausge-schüttet werden und der Puls hochschnellt. Und war das nicht ebenfalls *Liebe*? Mit all ihren Facetten brachte Liebe doch die unglaublichsten Dinge zu Stande. Unglaublich unvernünftige. Liebe schaffte Leiden. Aber Rauchen, das war für Kathi und Millionen anderer Menschen eher eine Leidenschaft. Ohne ihre geliebten Kippen ging es ihr schlecht. Sie wurde nervös. Wenn es also nur noch Liebe geben würde auf dem Planeten Erde, müsste sie nie um ihre Zigaretten bangen. Sie könnte sich, wann immer sie wollte, eine durchziehen. Alle würden es machen. Aber dann wedelte sie den Rauch und mit ihm diesen etwas absurden Gedanken von sich.

Kathi sagte: >>Die meisten *Unfälle* mit Todesfolge passieren im Kreise der Familie.<<

>>Was?<<, stutzte Jens, der gerade ein weiteres Bier genoss.

>>Darunter fallen auch Verbrechen wie Mord oder Todschlag. In den seltensten Fällen ist es ein von draußen kommender Täter. In der

Regel ist es der Partner des Opfers, der überreagiert. Oder eben ein anderes Familienmitglied. Vater, Mutter, Halbschwester. Jedenfalls...<<, Kathi nahm einen langen Zug bevor sie fortfuhr, >>verfolgt man bei Gewaltverbrechen die Frage nach dem Motiv, wird immer Liebe mit im Spiel gewesen sein. Liebe, der Gegenspieler der Vernunft. Denn rational ist es nicht jemanden, den man meinte zu lieben, umzulegen.<<

>>Aber dann ist es doch keine Liebe mehr... Dann ist es Hass<<, argumentierte Jens, der nicht verstand, worauf sie hinauswollte.

>>Schon, ja<<, sagte Kathi und Jens atmete durch, wobei er die anwachsende Schaumkrone aus dem Hals der Bierflasche wegpustete. >>Aber der kommt nicht von ungefähr. So viel Brutalität gegen jemanden einzusetzen, dem man nie Emotionen entgegenbrachte? Echt nicht. Ich glaube nicht, dass die Welt ein besserer Ort wäre, würden sich die Menschen ausschließlich von dem schwammigen Begriff Liebe leiten lassen. Ich schätze die Standpunkte der Aufklärung. Die Vernunft sollte unser Handeln bestimmen.<< Jens schüttelte den Kopf, schaute weg. Kathi schnippte ihre bis zum Filter gerauchte Zigarette auf den Parkweg. Nicht ganz unvernünftig. >>*Das*<<, sagte Jens, in Auflösung begriffen, >>ist dann wohl vernünftig<<, und warf seine halbvolle Bierflasche ebenfalls davon. Sein geliebtes Bier wegzuschmeißen, das war doch...? Und doch spürte Jens eine Erleichterung. Kathi überließ ihm das letzte Wort. Sie wollte dem nichts hinzufügen.

Einmal mehr versuchten Liebe und Vernunft ihre Differenzen beizulegen und sich einzupendeln. Und selbst Jens schickte sein Herz zum Hirn.

Marius (28)

Friedlich

In dieser Welt herrscht Frieden, Kriege sind unnötig geworden, gerade mal eine schwache Erinnerung an eine ganz andere Vergangenheit. Es ist kaum mehr vorstellbar, dass Menschen sich jemals so viel Leid gegenseitig antun konnten. Ehrgeiz wird nur noch auf positive Ziele gerichtet, niemand zerbricht mehr an dem Druck einer auf Leistung ausgerichteten Gesellschaft.

Auch gibt es keinen Hunger und keine Armut mehr auf der Welt, denn jeder ist bereit zu teilen und beansprucht nicht mehr für sich, als man braucht. Kaum jemand isst mehr Fleisch, denn die Liebe öffnet auch für unsere anderen Lebewesen und unsere Umwelt die Augen. So wird auch nur noch regenerative Energie genutzt. Meiner Meinung nach gehört auch das dazu.

Auch kann ich mir vorstellen, dass es für Schule und Kindergärten andere Prinzipien gibt und auch Politik vollkommen anders ist.

Insgesamt wäre es auf jeden Fall eine wunderschöne Welt, in der jeder Spaß am Leben hat. So wird niemand in den Suizid mehr getrieben oder auch nur gefährdet sein, denn Liebe sensibilisiert uns für die Gefühle anderer.

Auch Mobbing gibt es nicht mehr.

Insgesamt stelle ich mir diese Welt wunderschön vor und wir alle sollten an dem Traum einer solchen Welt festhalten und versuchen, nach und nach unseren Traum in die Wirklichkeit mitzunehmen...

Dorothea (15)

Ein großes Wort – Liebe.

Und ein irreführendes, zumindest im Deutschen. Ein Teenager, der mit großen Augen sein Idol anschmachtet, glaubt an Liebe. Auch, wenn eine Woche später vielleicht schon wieder jemand ganz anderes an dieser Stelle steht. Dieses verLIEBTsein ist ja eigentlich auch etwas ganz anderes. Es überfällt einen, die Hormone spielen verrückt, man setzt eine rosarote Brille auf und sieht in einer anderen Person lauter Dinge, die in einem selber schwingen. Es ist eher der eigene Kick, und wenn der Alltag einkehrt in dieser Beziehung, wenn die rosarote Brille sich abnutzt, bleibt vielleicht nur wenig übrig. Jeder würde sich auf die Suche nach eigenen schönen Gefühlen machen, wenn dies die Liebe wäre, von der wir uns leiten lassen.

Damit am engsten verwandt ist das, was im Griechischen „Eros", also die erotische Liebe bezeichnet. Es scheint mir, als ob das bereits etwas ist, wovon sich recht viele Menschen leiten lassen, zumindest in unserem Kulturkreis. Leute, die erotische Beziehungen nur im Rahmen einer Ehe für erstrebenswert halten, werden schon mal als prüde und verklemmt dargestellt. Alles ist möglich, und die Meinung scheint sich durchzusetzen, dass der Einzelne ein Recht darauf hat, sich voll auszuleben. Immer instabilere Familien, abgetriebene oder unerwünschte Kinder und unglückliche, beziehungsunfähige Menschen sind eine Folge davon.

„Philia", die freundschaftliche Liebe, klingt da schon deutlich mehrheitstauglicher. Mit einem Freund teile ich Interessen, tausche ich mich aus, nehme Anteil an seinem Leben, und er vorzugsweise auch an meinem. Wir haben gemeinsame Schnittmengen und deswegen haben wir uns gern. Leider gibt es aber einen nicht unerheblichen Prozentsatz an Leuten, mit denen mich gar nichts verbindet. Da wäre das Suchen nach Gemeinsamkeiten, Interessen, Lebensbereichen etwas, was eine Menge Kraft und Zeit kosten kann.

Die harmoniebedürftigeren unter uns wären vielleicht sehr in Versuchung, sich an die Hobbys und Interessen Anderer anzupassen, damit ja eine Freundschaft möglich wird. Dabei gehen sie selber mit ihrem ursprünglichen Wesen verloren, während stärkere Charaktere dominieren. Eine Welt, in der jeder bestrebt wäre, zu möglichst vielen Menschen eine freundschaftliche Liebe zu entwickeln, könnte also ziemlich schräge Züge annehmen und auf Dauer ihre Vielfalt einbüßen.

Die „Agape"-Liebe, die göttliche, sich hingebende Liebe, ist die letzte in meiner (sicherlich unvollständigen) Auflistung. Diese Liebe schaut nicht zuerst auf das, was für sie selber dabei herausspringt. Sie ist geduldig. Sie glaubt an das Gute in jedem Menschen. Sie hat ihre Überzeugungen, die sie aber nicht mit Gewalt durchsetzen will. Stattdessen schätzt sie auch anders lautende Überzeugungen wert. Sie hat es nicht nötig, sich auf Kosten anderer aufzuspielen, sie muss niemanden abwerten und klein machen, um sich selber besser und toller zu fühlen. Letztlich läuft es darauf hinaus, dass diese Liebe frei ist von Angst. Man könnte sich voller Offenheit und Vertrauen begegnen. Enttäuschungen, die ja solange vorkommen, wie Menschen miteinander zu tun haben, werden vergeben und nicht verdrängt oder bekämpft. Es werden Entwicklungen gesehen, Herzenshaltungen, und es ist nicht das eigene Ego, für das man sorgt, sondern jeder sorgt sich um den Anderen.

Nicht Hass ist das Gegenteil von Liebe, sondern Angst. Je mehr Angst vorhanden ist unter den Menschen und in Beziehungen, desto weniger Raum ist da für Liebe. Eine Welt, in der sich jeder von Liebe leiten lässt, wäre ein angstfreier Raum. Damit ist nicht ein respektloser Raum gemeint, denn aus Grenzüberschreitungen, gegen die man sich nicht abgrenzen kann, erwächst wieder Angst und die Liebe weicht zurück. Sich von Liebe leiten zu lassen ist herausfordernd. Das ganze schöne Arsenal an Einschüchterungsmethoden und Druck, die wir schon als kleine Kinder gelernt haben (damals eher noch auf der unfreiwilligen Empfängerseite), ist nicht nur unbrauchbar, sondern sogar kontraproduktiv.

Am besten wäre es, wenn wir uns an den großen Experten in Sachen Liebe halten würden, damit er uns an seinem Beispiel immer wieder zeigen kann, wie es funktioniert, sich von Liebe leiten zu lassen. Er hat sogar einen Teil von sich sterben lassen, damit wir einen direkten Weg zu dieser Liebesquelle haben. Er ist nicht nur ein Vorbild und Lehrmeister, sondern er macht es den Menschen noch leichter, indem er seine Liebe jedem ins Herz gießt, der ihn darum bittet. In einer Welt, in der sich die Menschen nur von Liebe leiten lassen, würde vielleicht über kurz oder lang jeder bei Jesus Christus vorbeikommen und sich ihm anvertrauen, um in Kontakt zu der göttlichen Liebesquelle zu kommen. (Warum gerade unter Christen oftmals so viel Angst und so wenig sichtbare Liebe zu finden ist, ist ein Geheimnis, das ich allerdings auch noch nicht ergründet habe, aber ich arbeite daran).

Ich sehe eine Welt vor mir, in der Kinder so aufwachsen, dass die Beziehung zu ihren Eltern von Vertrauen geprägt ist, und nicht von Angst. Ich sehe eine Welt vor mir, in der jeder auf die Bedürfnisse seiner Mitmenschen und der Umwelt achtet, sich notfalls selber einschränkt, und trotzdem er selber ist. Nur, wer in sich selber zu Hause ist, mit sich selber und Gott im Reinen, kann auf so eine liebevolle Weise mit Anderen umgehen. Heile und geheilte Menschen, die es nicht nötig haben, sich gegenseitig zu verletzen, können offen reden und verantwortungsvoll handeln. Ohne Angst vor Fehlern, ohne Angst vor Strafe und ohne Angst vor Verdammung.

Juliane (38)
www.facebook.com/JulianeJAutorin

„Man kann ohne Liebe Holz
hacken, Ziegel formen, Eisen
schmieden. Aber man kann nicht
ohne Liebe mit Menschen
umgehen.“

- Leo Nikolajewitsch Graf Tolstoi -

Gute Frage.....

Natürlich wäre die Welt dann wesentlich friedlicher.....es gäbe keine Kriege, keinen Fremdenhass, keinen Hass auf "Außenseiter", wie Schwule und Lesben.

Ich möchte all dies nicht verherrlichen oder gut heißen, genau wie die vergangenen und momentan herrschenden Kriege in der Welt.

Aber wenn es nicht so manchen kleinen Streit in der Familie, auf der Arbeit gäbe, eben etwas, das nicht aus Liebe entsteht, würde uns dann nicht das Salz in der Suppe fehlen?

Meiner Meinung nach wäre es schön, wenn es die ganz schlimmen Dinge nicht gäbe, trotzdem wäre es nur mit Liebe auf der Welt sterbenslangweilig...... ich denke es ist wie mit allem im Leben, ...die Mischung macht´s.

Silvia (51)

Ja, wie wäre die Welt?

Die Welt würde bestimmt in Chaos ausbrechen, da immer wieder Paare geschieden und auch verheiratet werden würden. Menschen wären von der Liebe geblendet und würden nicht mehr ihrer Arbeit und anderem nachgehen. Sie wären nur noch mit der Liebe beschäftigt und wenn sie ihren Partner nicht mehr lieben, nehmen sie sich den nächsten. Jedoch würde es auch viel mehr Liebende geben. Sie würden sich trauen den ersten Schritt zu wagen und es entstehen neue Partnerschaften. Daher kann man das nicht genau sagen, wie die Welt aussehen würde.

Lena (18)

BOMBIG!

Das Menschliche wäre einfach wieder da, wo es hingehört.

Jetzt ist die Welt schrecklich. Die Menschen sind heutzutage von Anfang an „Ich-Menschen", und dadurch ist die Welt so geworden, wie sie heute ist. Jeder denkt nur an sich. Wenn ich mich an früher erinnere, dann hat es sich ganz anders gelebt. Es war einfacher und ehrlicher. Eben besser als heute. Ich kann nur von der Erfahrung sprechen, die ich als Kind gemacht habe. Früher waren die Familien anders. Heute ist alles nur auf Geld aus.

In einer Welt, wo die Menschen sich von Liebe leiten lassen, würde sich alles leichter leben. Das Ganze hängt mit dem Charakter zusammen. Es ist eben auch eine Charaktersache. Liebe. Vertrauen. Das Miteinander. Ehrlichkeit. Das sind alles solche Sachen. Ich würde gerne in einer Welt leben, in der die Menschen sich von Liebe leiten lassen. Natürlich. Die Welt an sich wäre wieder bombig. Alles lässt sich da-rin zusammenfassen, dass es sich einfach leichter lebt. Man steht ganz anders zueinander. Ist wieder ehrlich.

Liebe ist das Leben im Allgemeinen. Das hängt alles damit zusammen. Auch zu den Tieren. Das hängt auch mit Liebe zusammen. Und die Tiere können einem ja auch, wie soll ich mich ausdrücken, den Menschen gegenüber Liebe bringen. Und Tiere sind, so sagt man im Allgemeinen, ehrlicher als die Menschen.

Das ist es, einfach zusammengefasst.

Helga (79)

Eine rosarote Plüschwelt

Der erste Gedanke führte mich zu einer wundervollen rosa Plüschwelt, in der sich alle lieb haben, mit Teddybären werfen und dabei ein seliges Grinsen auf den Lippen tragen.

Weitergedacht jedoch glaube ich nicht, dass die Harmonie wirklich so präsent wäre, wenn die Menschen sich von der Liebe leiten lassen würden. Nur die Begründung, die wollte mir nicht so schnell bereit liegen, wie die Vermutung, die sich mir auftat. Schließlich ist das erste und zugleich auch stärkste Argument, dass die Liebe ein positives Gefühl ist, das dafür sorgt, dass eine endlose Zahl an Endorphinen freigesetzt wird. – Und doch; kennen wir es nicht alle, dass wir scheinbar ganz neue Facetten an den Tag legen, wenn wir lieben? Manchmal erkennen wir uns selbst nicht wieder. Wachsen über uns hinaus oder stürzen abgrundtief hinab. Sind die nettesten Menschen auf der Welt, wird die Liebe erwidert, werden zu den hässlichsten Kreaturen dieser Welt, werden unsere Gefühle nicht geteilt.

Und genau hier verbirgt sich mein Argument dafür, dass die Welt nicht unbedingt ein besserer Ort wäre, würde sich jeder Mensch von der Liebe leiten lassen. Dort, wo Liebe ist, ist zwangsläufig auch Hass. Nicht jeder kann jedem mit Liebe begegnen. Mann liebt Frau, Frau liebt Mann, Mann liebt Mann oder Frau liebt Frau. Spätestens jedoch, wenn eine 3. Person ins Spiel kommt, betritt auch die Eifersucht das Spielfeld und saugt der Harmonie die Energie aus.
Liebe und Hass, Eifersucht und Begierde sind Dinge, die ohne einander nicht existieren können – sie ergänzen sich und sind in unmittelbarer Nähe jener, die lieben und sich von der Liebe leiten lassen.

Vielleicht wäre die Welt genauso, wie sie heute auch ist. Wir Menschen sind harmoniebedürftige Wesen, ich kenne kaum einen Menschen, der sich nicht nach Liebe sehnt, der nicht nach ihr sucht, solange er seinen Weg noch allein beschreitet und nicht voller Hoffnung ist, den richtigen Partner zu finden. Lassen wir uns daher nicht schon heute bis zu einem gewissen Grad von der Liebe leiten? Ich finde ja! Wir suchen, wir finden, wir hoffen, bangen, freuen uns oder sind zu Tode betrübt, rennt uns die Liebe davon und hinterlässt nichts als kühle Leere.

Und – obwohl wir uns im Endeffekt doch von der Liebe leiten lassen, steckt die Welt voller Hass, Krieg, inmitten von blutigen Streitereien und Kämpfen, die kein Ende nehmen wollen. Und doch; jeder Einzelne derer, die kämpfen, tun dies für Frieden, für Ruhe, für die Liebe.

Die Menschen lassen sich bereits von der Liebe leiten – benehmen sich hin und wieder aber etwas unbeholfen. Weil die Liebe zu groß und zu mächtig ist, als dass Mensch mit Leichtigkeit mit ihr um-gehen könnte. Sie ist das zentrale Thema unserer Existenz.

Katja (30)

Zauberhaft

Was ist Liebe?
Liebe macht, dass Menschen sich heiraten. Verliebt sein gehört auch dazu. Auch, dass man sich küsst und umarmt, aber nicht nur Mann und Frau, sondern alle Menschen.

Wie fühlt sich Liebe an?
Liebe fühlt sich zauberhaft und schön an. Wenn ich merke, dass mich jemand lieb hat, dann bekomme ich ein richtiges Kribbeln im Bauch!

Ist Liebe etwas Schönes?
Darauf gibt es nur eine Antwort - Ja!

Was macht Liebe mit einem Menschen?
Wenn man nicht geliebt wurde, und dann plötzlich geliebt wird, dann ist man glücklicher und auch freundlicher. Man hat auch mehr Spaß.

Wie findest du Liebe?
Ich finde Liebe gut. Aber nicht jeder braucht Liebe, der Teufel zum Beispiel braucht keine Liebe. Aber alle anderen Menschen brauchen sie.

Was denkst Du über Liebe?
Ich fühle mich geliebt.

Rahel (7)

Ein Genuss

Spannende Frage und schöne Vorstellung dies!
Ruhiger, sanfter, entspannter, lustiger, charmanter, genussfreudiger!

Als diese Frage mir gestellt wurde, habe ich mich spontan an meine Zeit in Mailand erinnert:

In Italien ist es selbstverständlich, dass man immer miteinander flirtet sobald Männlein und Weiblein aufeinander treffen - völlig unabhängig vom Alter.

Das macht Spaß und befreit manch einen Tag von seiner Last.
Ein charmantes Kompliment, manchmal auch nur ein anerkennender Blick, ein Lächeln zurück und beide Menschen haben ein Geschenk, das sie durch den Tag tragen.

Dies wünsche ich uns:
Lächeln Sie doch morgens mit tiefer Freude und Liebe am Leben die Menschen um sich herum an und genießen das, was passiert, ohne Angst und ohne Vorurteil.

Susanne (49)
www.susanne-theisen.com

Wie entwickelt sich die Welt, wenn Menschen sich nur von Liebe leiten lassen?

Vorab stellt sich mir die Frage, ob das überhaupt auf unserem Planeten möglich ist.

Auf der Erde herrscht die Dualität. Alles hat zwei Seiten. Wir sind hierher auf diesen Planeten gekommen, um unsere Seelenerfahrung zu machen. Die Sehnsucht der Seele ist es, sich weiter zu entwickeln. Wahrscheinlich reicht eine Lebensspanne für alle Lernprozesse nicht aus und vielleicht kommen wir viele Male wieder. Um echte Liebe erfahren zu können ist es von Vorteil, wenn ich ebenso das Gegenteilige erlebe, in welcher Form auch immer. Woher soll ich z.B. wissen, wie sich heiß anfühlt, bevor ich nicht auch kalt erlebt habe. Aber das ist meine Wahrheit und ich glaube, dass jeder Mensch seine eigene finden wird.

Für mich setzt wahre Liebe keine Bedingungen und Erwartungen voraus, sonst ist sie eigennützig. Wenn alle Menschen ihrem wahren Ich und somit der Liebe folgen würden, wären wir in Einheit mit der Schöpfung und könnten einander so sehen, wie wir wirklich sind. Die Dualität von Gut und Böse löst sich auf und damit dessen Folgen. Vielleicht sind wir in dieser Einheit, wenn wir gestorben sind - ich weiß es nicht. Die Frequenz der Erde und ihrer Lebewesen würde sich rasant verändern und ebenso die Evolution. Männlich und weiblich wird eventuell mehr androgyn.

Wenn wir mehr aus dem Herzen, mit Hingabe und Empathie für unsere Mitmenschen und für alle weiteren Wesen auf Mutter Erde denken, fühlen und handeln, breitet sich Frieden aus. Kriege und Gewalt lösen sich auf. Armut und Hunger haben keine Grundlage mehr. Wir missbrauchen die Tiere und die Natur nicht mehr. Leid und Krankheiten verschwinden. Über Umweltverschmutzung brauchen wir uns keine Gedanken mehr zu machen, da wir alle die Erde lieben und achtsamer mit ihr umgehen. Wir produzieren keine giftigen oder schädlichen Dinge mehr. Die Machtverteilung und Wirtschaft verändern sich, so dass es zum Wohle aller Menschen ist. Die Technologie und Forschung bekommt nochmal eine ganz andere Richtung. Das Resultat ist nicht mehr ausbeutend, sondern unterstützt Mutter Erde und alle Lebewesen positiv, damit Licht und Liebe in unserer Welt herrschen.

Wir müssen bei uns selbst mit Veränderung und Liebe anfangen und aufhören, Anderen irgendwelche Schuld für unser Leben zu geben. Hören wir auf damit zu sagen, wenn… dann…!

Ich denke jeder Mensch, der aus seinem Herzen lebt, trägt ein Stück zur Heilung bei.

Bianca (44)
www.energie-bild.de

Verändert

Diese Frage lädt natürlich zu so manch utopischer Träumerei ein, worin ich mich allerdings gar nicht erst versteigen möchte, denn ich denke, das tun die Menschen bereits und das allgemeine Problem besteht vielmehr darin, Liebe definieren zu wollen.

Wie will man es bitteschön anstellen, eine Emotion in eine verstandesgemäße Form zu pressen und auch noch zu erwarten, dass alle Menschen sich dann auf diesen Begriff einigen könnten?
Es hat wohl schon seinen Grund, warum wir sagen, dass wir "Liebe empfinden" und nicht, dass wir "Liebe denken".

Was wir (zumindest verbal und/oder gedanklich) kommunizieren, ist der Gedanke der Liebe, nicht aber die Liebe selbst, ebenso, wie die Landkarte nicht das Gebiet ist. Liebe fängt also dort an, wo der Verstand mit seiner Ratio und seinen Begriffen endet. Dementsprechend ist es also erst zweckhaft, nach einem "Wäre" zu fragen, nachdem der Verstand durch diesen Gedankengang in seine natürlichen Schranken verwiesen wurde, (denn Logik besagt auch, dass sich mit Logik nicht alles erklären lässt, sonst gäbe es keine Paradoxa) und man somit gewissermaßen in der Lage ist, die "falsche" von der "wahren" Liebe zu trennen.

Ich bin mir sicher, dass allein durch diese Erkenntnis eine Veränderung im Umgang mit Liebe erwachsen würde und wie auch immer diese dann im Allgemeinen aussähe, sie wäre auf jeden Fall eine gute, denn diese Liebe würde tatsächlich gelebt anstatt gedacht oder diskutiert werden. Und darauf kommt es ja letztlich an.

Tobias (25)

Verwandelt

Wenn sich die Menschen tatsächlich von Liebe leiten lassen würden, würde sich die Welt zweifellos um einiges verändern und verbessern, vieleicht sogar von Grund auf ändern. Insgesamt würden Leid und Verzweiflung weniger und die Hoffnung würde gestärkt. Die Lebensqualität würde steigen, und zwar die aller, und nicht nur die von einigen wenigen.

Mensch, Tier, Natur und Planet kämen, nach und nach, in Einklang. Möglich wäre dies zum einen, weil durch Liebe als Leitfaden oder obersten Wert viele negative Dinge einfach nicht mehr passieren würden oder nur in deutlich geringerem Ausmaß. Denn Liebe beinhaltet Fürsorge und Mitgefühl, und wer liebt wird anderen niemals wissentlich schaden. Auch ermöglicht Liebe erst Vergebung, welche für ein friedliches Miteinander notwendig ist.

Außerdem würden sich die Ziele bzw. die Beweggründe der Menschen ändern, denn der materielle Wohlstand, Macht oder Image wären nicht mehr wichtig. Wenn die Liebe mehr Raum hätte, wären die negativen Gefühle zwangsläufig nicht mehr so präsent, oder anders herum betrachtet: die Abwesenheit von Liebe lässt immensen Raum offen für anderes, zum Beispiel für Wut oder Hass. Beherrschen uns diese Gefühle über längere Zeit, schaden sie uns ganz erheblich. Handele ich in Liebe, ermöglicht dies einen ganz anderen Umgang mit den Dingen, die mir begegnen. Es ermöglicht wertschätzenden Kontakt, auch wenn mir geschadet wurde oder überhaupt erst die Wahl, mich so oder so zu verhalten.

Das bedeutet, dass innere Freiheit erst durch das Zulassen der Liebe erlangt werden kann. Und das ist doch ausgesprochen wichtig für ein zufriedenes, vielleicht sogar glückliches Leben und für die Möglichkeit, ich selbst zu sein. Zum anderen würde noch etwas anderes passieren, wenn Liebe konsequent gelebt würde.

Es würde eine große Menge an positiver Energie freigesetzt, und ich bin überzeugt, dass man dies in der Welt spüren würde. So könnten auch andere erreicht werden, die vielleicht noch nicht verbunden sind oder zu blockiert oder verbittert, um Liebe leben zu können.

Ich glaube, dass alles, was man tut, eine Konsequenz hat, und es ist damit unsere eigene Wahl, ob diese gut oder schlecht ist. Da diese Welt aber leider noch nicht soweit ist, wird es wohl erstmal noch so sein, dass viele Dinge passieren können, die schmerzlich sind, sei es durch Menschen oder Schicksal verursacht. Dennoch halte ich es für besser, trotzdem Liebe zu leben, denn durch Wut, Hass oder Verbitterung kann man definitiv nicht glücklich werden und bleibt immer unfrei. Außerdem glaube ich, dass man, um dem Anderen, Besseren und der Liebe zu begegnen, auch auf dem Weg der Liebe sein muss.

Also wünsche ich uns allen, dass wir uns trotz alledem trauen, diesen Weg zu gehen, um eines Tages mit uns selbst im Reinen, mit den anderen verbunden und frei zu sein.

Ute (49)

Schlusswort

Lieber Leser,

Du hast jetzt einiges Deiner Lebenszeit auf das Lesen dieses Buches verwendet. Du hast der Liebe einen Raum gegeben und vielerlei Eindrücke bekommen. Deine Mitmenschen haben Dich in ihre Seele sehen lassen. Wie fühlst Du Dich? Hat sich etwas verändert? Vielleicht war es für Dich nur ein netter Zeitvertreib, um Deine Langeweile zu bekämpfen. Auf jeden Fall besser als Fernsehen, oder? Vielleicht findest Du aber auch tief in Dir etwas berührt. Dann kommt Bewegung in Dein Leben. Wenn Du es zulässt. Und wer könnte Dich hindern als nur Du selbst?

Wir sind überzeugt, dass sich das Leben zum Besseren wendet, wenn wir der Liebe stets eine Tür offenhalten. All die Schönheit und Fülle können zu Dir kommen, wenn Du sie einlädst. Und umgekehrt wirst auch Du mit offenen Armen empfangen. Hast Du schon einmal mit einem wachen, offenen Geist einen Waldspaziergang gemacht? Ihn so richtig genossen und der Natur gedankt für ihre Schönheit? Ein tolles Gefühl! Falls Du das nicht kennst – probiere es unbedingt aus. Liebe fließt nicht nur von Mensch zu Mensch, sondern überall in der Natur. Und Du stimmst uns sicherlich zu: Wer Liebe zu spüren bekommt, in welcher Art auch immer, der hat danach mehr Energien als zuvor! Und das hilft Dir auch, die schlechten Zeiten besser zu überstehen.

Finde heraus, was es bewirkt, wenn Du dem Thema Liebe Präsenz verleihst. Es tut gut, einmal über den Tellerrand hinaus zu sehen, in die wunderbare Weite der Welt. Wenn Dich dieses Buch inspiriert hat, Dich aufzumachen, freut uns das sehr! Auf jeden Fall wünschen wir Dir, dass Du beim Lesen gute Erlebnisse und Gedanken hattest und etwas für Dich mitnehmen kannst. Vielleicht bekommst Du auch

Lust, Dir noch mehr Inputs in der weiteren „Schnittmenge"-Reihe bei neuen Themen zu holen. Oder inspiriere Deinerseits andere Menschen, indem Du selbst einen Beitrag schreibst.

Nun ist es an Dir, Deine Wahl zu treffen. Wir wünschen Dir auf Deinem Weg Mut und Entschlossenheit, und alles Liebe und Gute!

Herzlichst,

Anke, Marina & Alexander

Es gibt noch mehr!

Da wir das Leben und neue Herausforderungen lieben, geben wir uns mit dem herausbringen der Bücher alleine nicht zufrieden. Wir möchten unser Wissen in die Welt tragen und Dir ganz persönlich einen Mehrwert bieten. Denn wir lieben es zu helfen und unsere Passionen auszuleben. Und hier kommt die Gleichung zum Tragen:

Liebe + Wissen + Passion + Mehrwert = Erfolg

Und genau zu diesem Erfolg möchten wir Dir mit all unseren Dienstleistungen verhelfen. Und unser Dreiergespann sorgt dafür, dass wir so einiges zu bieten haben. Aber siehe selbst und entscheide, was für Dich genau das Richtige ist.

Buchreihe Schnittmenge
Das war der erste Streich, doch der zweite (und noch mehr) folgt sogleich. Schnittmenge ist eine Buchreihe, die mit jedem neuen Buch weiter wächst. Doch kein Buch gleicht dem anderen. Neues Thema, neue Schreiberlinge und vor allem neue Erlebnisse und Texte. Und Du hast es mit in der Hand. Du kannst unter folgendem Link über das nächste Thema für Schnittmenge abstimmen.

Abstimmung unter: www.aschenmoor-verlag.de/du-hast-die-wahl

Und noch besser: Du kannst ein Teil der Buchreihe werden. Pro Buch nehmen wir 24 Schreiberlinge im Alter von 6 – 65+ auf. Doch es gilt: Geschwindigkeit wird belohnt. Die Schreiberling-Plätze sind begrenzt auf 4 Schreiberlinge pro Altersgruppe. Also schnell einschreiben unter:

Eintragen unter: www.aschenmoor-verlag.de/schreiberling-werden
oder per Email an: anmeldung@buchreihe-schnittmenge.de

Aschenmoor Verlag

Hinter dem Aschenmoor Verlag verbirgt sich ein junger, kreativer Geist. Mit eigenen Büchern, aber auch Büchern und Produkten von anderen Schreibern und Kreativlingen, bietet der Verlag ein großes Spektrum im Bereich Persönlichkeitsentwicklung und den eigenen Lebensweg finden. Eben:„Ihr Verlag zum Denken, Fühlen, Handeln"
www.aschenmoor-verlag.de

Pushing-Sessions

Du möchtest mehr Motivation, Ängste lösen, dich an Erfolgsbildern erfreuen oder vielleicht noch etwas ganz anderes? Kein Problem. Pushing Sessions sind die tägliche Trainingseinheit für deinen Kopf. Du wählst das Thema, und wir liefern den Input. Mit täglichen Audios helfen wir Dir, Dein Ziel zu erreichen, mehr Selbstbewusstsein zu bekommen, oder einfach zu entspannen. Die Auswahl ist vielfältig. Komm vorbei auf www.pushing-sessions.de, such Dein Thema aus und los geht´s. Auf zu mehr Lebensqualität!

Tierisch gut verstehen

Tierisch gut verstehen ist DER Podcast für alle Themen rund um Mensch und Tier, ihre Beziehung zueinander und die erfolgreiche Verständigung. Er hilft die Beziehung zueinander und miteinander zu vertiefen und bietet ganzheitliche Tipps rund um die Haltung, Gesundheit und Beschäftigung unserer tierischen Freunde.
www.tierisch-gut-verstehen.de

Lebensberatung

„Meine Tiere sind meine Freunde. Diese Beziehung beruht auf gegenseitigem Respekt." Aus diesem Grund, hat Marina die Seite ins Leben gerufen. Mit inspirierenden Podcasts, einem Blog, dem Gratis-Emailkurs und weiteren hilfreichen Kursen, bietet die Seite Ideen und Werkzeuge, für eine verbesserte Mensch-Tier-Kommunikation. Findet wieder zu einander auf www.lebensberatung-mensch-tier.de